光文社文庫

喰いたい放題

色川武大

光　文　社

喰いたい放題

目次

喰いたい放題

練馬の冷やしワンタン

夏のはじめに、都の西北部、練馬に近いところに移転した。それまでは都心のあたりをうろうろして、麻布に三年、原宿に二年半居た。都心に戻ると、必然的に生活費がかさむ。するとそれに見合うように原稿も売らなくてはならない。派手好みもよいが、もうそろそろ生活を縮小して、地味な、おちついた仕事に精を出すように努めなさい、と心ある人が忠告してくれる。

けれども私は、睡眠発作症《ナルコレプシー》という、やや奇病に属する持病があって、ところかまわず暴力的な睡眠発作に襲われる。またこの病気は、いざ寝ようと思うと持続睡眠ができないので、エネルギーの蓄積がきかず、疲労感が常人の四倍といわれる。

以前、荻窪のはずれに住んでいた頃、雑誌の対談で将棋の芹沢八段と会うことになった。会場は渋谷である。道路が混んでいておくれてはいけないと思って、わざと国電で行った。私はちょっと出歩いても、身体《からだ》の動きをとめると、疲労でぐうぐう寝てしまう。

新宿で乗りかえだが、そこまではなんとか我慢した。眼を血走らせて見開いていた。新宿、代々木、原宿、渋谷、それだけのわずかな間だが、吊革にぶらさがったまま、意識を失ってしまったらしい。気がつくと品川だった。

しまったと思って走ってホームを渡り、逆方向に乗った。坐ればいっぺんに寝てしまうから、もちろん立ったままである。しかるに、なんとしたことか、私はまた、立ったまま馬のように寝て、池袋で眼がさめた。私は絶望した。対談の相手に失礼だし、編集部は気が気でないだろう。

ところが池袋から矢のようにひきかえして、今度は新橋の手前で眼がさめた。どうしても、時計の振子のようになってしまって、渋谷でおりられない。私は早目に家を出たにもかかわらず、二時間もおくれた。

そういうことがあるから、一人で電車には乗れない。特に仕事がらみの外出には、相手に迷惑をかけないように、どこへいくにもあらかじめ運転手によく頼んでタクシーである。するると、郊外に住んでもタクシー代がかさんで都心に住む以上に不経済である。経済もそうだが、道のりが遠いと、万一、失敗したときにとりかえしがつかない。

まアそれで都心に居たのだが、近年は医者にかようようになって、発作をとめる薬もあるし、病状は好転しないけれども、以前のように一人歩きができないというほどではなくなった。そうなると、都心は便利な点はたくさんあるけれど、そのために犠牲にしなければならぬことも多い。空気がわるい。陽があたらない。土がない。

あるとき、千葉の方へ釣りに行って、釣宿の近くを散歩していたら、犬が、本当に犬らしい顔をしているのに気がついた。あの犬にくらべると、街場《まちば》で繋《つな》がれて飼われている犬は、生き物の顔をしていない。

実際、練馬に移って、実にひさしぶりに、陽の光を浴びたような心持がする。今年の夏は無気味な寒さだったけれど、それでもカミさんなどは二階の出っぱりに朝早くから椅子を持ちだして、身体を焼いた。

「ああ、これでもうどこへも行かなくていいわ――」

私も焼こうと思うけれど、出っぱりは一人で満員である。仕方がないから自転車で周辺をまわる。スピードを出さないので運動にはさほどならないけれど、緑が眼に快い。そうして黒い土があちこちにあらわになっているのが嬉しい。

私は毎日、周辺部を走り廻って小さな商店をのぞいた。本屋と文房具屋は必ずのぞく。特に文房具屋は、それなりに器具が新式になっていくので私のような者には楽しい。おそらくブティックをのぞく女性と同じ顔つきをしているだろう。

それから喰《た》べ物屋である。私は昔から、食品の買い出しと買い喰いが好きで、自分では目利きだと思っている。多分、戦争中に餓《う》えて育ったせいであろう。練馬は、魚屋と肉屋はまだこれといった店が発見できないが、八百屋はおおむねすばらしい。地の野菜かどうかはわからないが、青いものも、根菜も、いずれも生き生きとしていて、千葉の漁村の犬のように、自然の表情をしている。

俗に練馬大根というけれど、それでそう思いこんだわけではなくて、本当に、夏大根をこんなにおいしく喰べたのははじめてだ。甘くて、やわらかくて、おろしても煮てもおいしい。移った当初の初夏の頃は、新の玉葱《たまねぎ》や人参《にんじん》が艶々《つやつや》としていて包丁で切るのがためらわれるほどであるが、その感触もひさしぶりで味わった。

かかりつけの医者の説によると、私の胃袋は、下垂傾向の多い日本人には珍しく、尻っぽ、つまり下の部分がぴんとはねあがっているのだそうである。

私自身の診断では、腹部の脂肪が邪魔をしていて、胃が下垂しようと思っても下垂できない事情にあるのではないかと思うのだが。

しかし、なにはともあれ猛烈な胃袋だそうで、ばりばり消化してしまって臆《おく》するところがない。こういう全般的に喰べすぎの時代には、胃腸の機能がいいということは欠陥に近い。喰べたものが皆、血となり肉になる。

私は一度にどっと喰べる方ではないが、眠って、起きると空腹になっている。厳密にいうと、寝ているうちに腹がすく。だから、眼ざめる前の三、四十分は、餓えて、ものを喰う夢ばかり見ている。

ものを喰う夢というものは、喰べ物を口先まで運んでまさに喰べようという寸前、眼がさめる、と他人はいうけれど、私のは昔から、むしゃむしゃ喰っちまうのである。ただし、紙で造った模造品のような感触で、味も香りもまったくしないわけではないけれど、かなり味気ない。

汁粉を吞《の》む。すき焼をつまむ。茶漬を喰う。煎餅《せんべい》をかじる。すると味気なさで胸がいっぱいになってきて、なんでもいいから本物を喰いたいと思う。そうして眼がさめる。

まことに悲劇的なことには、前述のとおり、睡眠発作症という持病があって、眠りのリズムが狂っており、ちょこちょこ、少しずつ眠るのである。特に、何か喰って腹がいっぱいになると、血が消化器官の方へ行くせいか、眠りを呼んでしまう。

だから腹をくちくするわけにはいかない。うっかり喰べすぎるといそがしいことになる。私の眠りは、本格的なものでせいぜい二時間。間のちょこちょこは三十分眠ればよい方で、五分くらいのときも多い。

眠れば、即《すなわ》ち、餓える。眼ざめて何か喰う。喰えば眠る。眠れば——。他のことは何もするひまがない。中毒の苦しさとはこれであろうか。私の死因は、多分、食中毒で、といっても喰べ物にあたったのではなく、喰う中毒が嵩《こう》じて死に至るのであろう。

私は朝飯というものを、何物にもかえがたいほど恋うている。仕事で徹夜しても、ちょぼちょぼっと寝ても、それは同じである。だいいち、朝が待てない。あの長い夜の間じゅう何も喰わないで、他の人はいったいどういう気で居るんだろうと思う。たとえ寝ても、朝の四時、五時というとじっとしていられない。六時、七時というと、身体がしびれてくる。

カミさんは寝坊だから、夜中のうちに、菜の残り物などで食卓をつくっておく。しかし何も用意していないときがある。昔、自分で造っていたのだから、そうすればよいのだがすでに中毒が嵩じていておちついていられない。それで外に出かける。

朝食をうまく喰わせてくれる店が手近にあったら、といつも思う。いや、うまくなくても、営業してくれているだけでいい。

都心に居た頃は、ホテルに行った。ホテルは七時すぎに朝食をやっている。そこまで待てないときは、魚河岸《うおがし》に行く。あそこは朝の四時すぎには喰べ物屋が開けている。けれども都心を離れてしまうとなかなかそういうわけにいかない。時間がかかって、行って帰るその途中で昼飯を喰いにまた戻らなければならない。

そのまた以前、荻窪のはずれに居た頃は、毎朝のように、朝飯を喰わせてくれる店を、せつない思いで探して歩いた。早朝喫茶、というのは、九時半頃からである。立喰いソバ、が比較的早くからやっている。

駅の売店で、牛乳に餡《あん》パンという手があるが、始末がわるいことに、私は牛乳が呑めない。

贅沢《ぜいたく》をいうわけではないが、立喰いソバはおおむね、あまり美味とはいいがたい。

ある朝、どこを探してもなくて、西荻窪駅前の角にある立喰いソバに入ろうとして、つかつかと近づいた。

店ののれんをくぐろうとした瞬間、前のバス停のところに立っていた若者が、私の名を呼んで近づいてきた。

私には阿佐田哲也という別名があって、これは麻雀の神さまのようにいわれて、もちろん虚名であるが、ある種の若者たちの間で濃い関心を持たれている。

その若者も、サインと握手を求めてきた。

そうして、ここが凡人のあさはかさなのであるが、瞬間的に私は見栄をはり、ソバなどに無関心という顔つきで、腕時計を見、立喰いソバの店内の時計に合わせるふりをして、早々に立ち去った。

しかし、ソバを喰わないわけにはいかない。私はぶらぶら歩き、できるだけ大廻りをしてまた駅前に戻り、今度こそ脱兎のごとく、立喰いソバに駈けこもうとした。

バスがまだ来ないで、バス停の列の先頭に立って、くだんの若者が不思議そうに私を眺めていた。


以上のようなわけで、練馬に来ても、私は朝飯を求めて、自転車でさまよい歩いている。まだ開いていないパン屋の前に、しょぼんと立っていたり、八百屋に転がっている芋は、生でかじれないかと思ったりする。

むろん、朝飯とかぎらない。運動がてら、出かけて、喰うときもある。喰いがてら、出かけて、運動するときもある。

私は今、練馬駅前の通りの、ドーナツ屋の横丁の奥の〝美々〟という小さな御飯屋さんのファンになっている。

カウンターに五、六人、腰をおろすといっぱいになるようなせまい店で、夫婦らしい若者が二人でやっている。変哲もないといえばまったくそのとおり、目立たない店である。

ただ、最初とおりかかったとき、店の前にかけてあるメニューの中の、冷やしワンタン、というのが眼についた。

冷やしソバは常識だが、同工異曲のようでも、冷やしワンタンというのは、私はあまりお眼にかからない。

私はかねがね、街の食堂のメニューに特長がないことを不満に思っていた。どこもかしこも十年一日《いちじつ》、カレーにカツ丼、親子丼、ハンバーグである。定食は豚の生姜《しょうが》焼き、蟹《かに》コロッケの類《たぐい》。きまりきった品目があって悪くはないが、それだけというのはプロとしていかにも投げやりに見える。そういう投げやりさは、メニューにとどまらず、すべてに反映していよう。

そこにいくらかの工夫が見えるというのが眼をひいて、私はその店に入ってみた。冷やしワンタンの上に、トマト、レタス、卵焼き、蟹、ハム、わかめ、胡瓜《きゅうり》、がのっている。値段は五百五十円である。多種類の具が喰べたいというわけではないが、たとえば中華丼にしても焼きソバにしても、あの上にかかっている旨煮《うまに》ふうのものの具の種類がすくない店は、おおむね味も感心しない。やっぱり喰べ物は心づくしで、手がかかっている方がよい。

〝美々〟の冷やしワンタンを喰べにかよっているうちに、隣の客が喰べている焼飯がうまそうなのに気がついた。ここの焼飯は四百円である。

焼飯なんてものは贅沢《ぜいたく》にしたってうまいとはかぎらない。私の知っている限りでいうと、ここの焼飯は、味といい香りといい、東京で五本の指に入るだろう。ラーメンもいい。ひとつがよければ大体よろしい。

私には全体に味がすこししつこいし量も多いが、ここは若者の店である。作る人も、客も若い。若者の好む味になっているのであろう。また美味な店にかよってくる客は、年齢にかかわらず親切なんだな。奥の席で立とうとすると皆が立ってくれる。同じ物ができるとゆずり合う。

私は人見知りするたちで、いつも黙って坐って喰べてくるだけだが、若夫婦がときおり常連と交す会話をなんとなくきいている。

新婚旅行で行ったらしい伊豆の民宿のひなびた有様を説明して、

「俺たちが着いてから、そこの人が買い物に出かけたりするんだ」

「安いわよォ」

「静かだしな」

「ごてごてともてなされたりしないのって、とてもおちつくのよね。そこにしなさいよ、ね、推薦するわよ」

かわいい若夫婦である。多分、どこの街にも、こういう好ましい店が一つや二つ、こっそりとあるのだろう。

私は格別の贅沢をしていないが、都心に居る頃は、職業柄のせいもあって、人と外食することが多く、けっこうおいしい店を知っている。そういう店はやはり普通より高い。高くて駄目な店もあるが、高くてもいい店がある。それに、年月をかけた腕と、吟味した材料で、それなりに高くなって当然だと思う。

けれども都心近くに住んでいると、おいしいよい店が手近にあるものだから、ついそういう店ばかりに行ってしまう。あの見事なおいしさというものは、すばらしいが、たまに喰べるところがよい。慣れて、贅沢な味を基準に喰べ物のことを考えるのは、どうもちがうという気がしてくる。すくなくとも自分らしくない。

この喰べ物は、普通の基準ならば何点、とそこらへんから離れずに居たい。ものを喰べるのに初心というのはおかしいが、妙にハネあがらずに、日常の喰べ物を大切にしていきたい。

そうしてときたま、夢のようにおいしいものを喰べたい。

駄喰い三昧

昨年の十月末、松茸《まつたけ》と鱧《はも》と京菜に似た関西の菜の三種だけを大鍋に充満させた豪華な松茸鍋に舌鼓を打った。

十一月は上海蟹《シャンハイがに》のシーズンで、仲間と香港《ホンコン》まで喰べに行ってきた。

十二月はフグを喰う機会にたんとめぐまれて、暮から寒中にかけての白子《しらこ》も思う存分堪能した。

この原稿を書いている今は一月。フグばかりでなく魚がおいしい季節である。この雑誌「饗宴」は季刊だから、前回の原稿を渡して以後、ざっとかくのとおりの口福を授かっている。書く材料はありあまっているようであるが、考えてみると、この雑誌が街の書店におかれるのはすでに春が迫っている頃であろう。それでは、季節感がずれてしまう。

日本という国は四季のうつろいに敏感なところで、喰べ物もおおむね季節感を濃く盛ってあるから、活字にして季がずれてしまうのは非常に困る。私の体験や実感を季に合わせて活字にしていこうとすれば、一年ずつずらして、その間寝かしておかなければならない。はたして実感の保存が小一年もの間、そこなわれずに利くものだろうか。食味に関する随筆を書く方は、この点をどう工夫されているのだろう。

上海蟹の場合は出かけるときから、季節があまりに限定されていて、この小文の材料にはならないと思っていた。老酒《ラオチュウ》に漬けた奴は日本でも年がら年じゅう喰べられるが、生きた上海蟹を蒸して喰うとなると、晩秋の一時期をはずすわけにいかない。この蟹のうまさは無類で、以前はこの蟹の味を知ったために上海に定住する外国人が多かったという。

私も奮発して十一月になったら今年も香港に喰いに出かけようと思っている。で、十一月を待って香港に行って、そのときこの蟹のことを書こうと思うと、やっぱり手おくれで、どうも実に始末がわるい。

蟹に限らず、冬の魚については記したいことがたくさんあるが、この雑誌が出る頃はみんな終ってしまう。たとえば、産地で珍重される鱈《たら》などは魚ヘンに雪と書くくらいで、寒中がお値打ちである。

東京の魚屋の店先にはクスリで加工した塩鱈が年がら年じゅうあるが、産地の方へ行くと、鰤《ぶり》や平目《ひらめ》と並んで魚のお職《しょく》である。そうして、シラミ（おそらくプランクトンの一種であろう）湧くといって、寒明けから一日でもすぎると値がさがりはじめる。それほど厳密にすることもあるまいと思うが、実際、寒中の味と二月に入ってからでは味がちがうそうである。

漁場にも差があって、根室以北か、逆の日本海方面のものがよく、三陸ものはぐんと値がさがる。黒潮のプランクトンのせいかもしれない。新潟あたりに行くと、佐渡の沖でとれた鱈が最高だという。どういうわけかしらないが、鱈子《たらこ》は、日高あたりの沖でとれたものが最高らしい。

そういう本格の鱈は東京に運ばれてきても、ほとんど高級料理店に行ってしまう。我々庶民の手が出ないというほど高いものではないが、都会では湯豆腐のダシぐらいにしか思われていないから、普通の魚屋さんではイメージのわりに高値で、さばきにくいらしい。

東京荻窪のはずれの宮前というところで、ひっそりと魚を売っている坂本さんという御仁が居る。看板もあげていないし、市場で気に入ったものしか仕入れないから、あつかう魚は一日に一種類か二種類。

毎年、冬になると、坂本さんに頼んでおいて本格の鱈を手に入れる。産地なら刺身にするような奴である。鱈のフライも甘くて絶品だというが、まだ一度も試したことがない。まっ先に鍋に入れて喰いつくしてしまう。

この坂本さんは、一匹の鱈を手にすると、完全な身のところだけ切りとって、一日中、冷水でごしごし洗い続けるのである。物を売るということも、ちゃんとすると大変なことだと思う。

この冬も数回、舌鼓を打った。それでやがて、岩内《いわない》（北海道）で一昨日とれた奴、なんて鱈を持って坂本さんが現われて、

「これで鱈は終りですよ。もうこのあと、鱈は買っちゃいけません――」

カミさんはたまにマーケットで塩鱈を買ってきたりするが、男の約束だから私は喰わない。

まアこんなことを記してもすでに手おくれで、冬の魚、冬野菜、いずれもしばらくお別れである。原稿を記すなら今年の秋口だが、それまで私が、生きているかな。

今年の一月一日は、大晦日の夜にジャズの人たちやコメディアンとはしゃぎ騒いで朝まで呑み廻ったので、なんにも食欲のない一日だった。

どうもつくづく老いたものだと思う。私は酒がなければ居られないというほどではないけれど、呑めば量はいける方で、人前で酔い痴《し》れた覚えはあまりない。若いときは丸二日くらい呑み続けないと呑んだ気がしなかった。

それが、ひと晩呑みあかしたくらいで、翌日はくたくたに疲れたままになる。

もっとも私のところは、正月だって、松飾りもしないし、屠蘇《とそ》も雑煮も喰べない。おせ

ち料理というものもつくらない。儀式風のことはすべて嫌いで、見境なくただぐうたらしていればよい。

そういえば近頃の祝日というものは、祝日の意味などには無関心で、ただぐうたらするために設けられているようで、我意に添っている。

今年の元旦はほとんど何も喰えなかったが、昨年の元旦は、ヨーロッパのカジノで年越しも何も関係なしに徹夜作業中だった。

一昨年の元旦はというと、眼がさめたとたんにカレーライスが喰いたくなって、とるものもとりあえず、ありあわせの材料でカレーを作り、大皿に三杯喰って腹が突っ張り、夜まであまり口が利けなかった。

その前の年の元旦は、突然、稲荷鮨《いなりずし》が喰いたくなったことを思いだす。

しかし油揚げの用意がない。元旦の朝まだきで豆腐屋があいているわけはない。

「缶詰の稲荷鮨というのも売ってるわよ」

「なんだ、それは――」

「知らない。油揚げの煮たのが入ってるんでしょ」

もしそうなら駄目である。なにしろ街で売っている稲荷鮨というものは、皆、飴煮《あめに》したように甘ったるくて喰べられた代物じゃない。稲荷鮨に限らず、売っている煮物はすべて甘すぎる。それもサッカリンだか何かを使っているような甘さである。ぜひそうしなければならないほど、経費がちがうのだろうか。それとも、そんなところで出来合いの食品を買って帰る主婦は、あんな妙ちきりんに甘い煮物がお好みなのだろうか。

とにかく稲荷鮨は、ぜひ自家で造らなければならない。

私の知る限りでは、昔、九段の三業地の市ヶ谷寄りの裏道に甘くない稲荷鮨を売る店があった。大分以前に店がなくなり、近所の人にきくと市谷田町の方に越したとかで、苦心惨憺《さんたん》して探し当てたが、仕出しの弁当屋に転業していて、鮨はこしらえていなかった。

どこも店はやってないわよ、とカミさんはいったが、じっとしていられないから近所を探索に出かけた。一軒のおかず屋さんで、ここもカーテンをおろしていたが、そこのお内儀《かみ》が戸をあけて外へ出てきた瞬間に中へ押し入り、店内を一瞥《いちべつ》すると売れ残った奴が四、五枚あった。

急場を救ってもらって感謝しながらその油揚げを買ったけれど、売れ残りを無神経においてあることもわかったから、二度とその店にはいかない。

それはともかく、眼ざめとともに喰べ物を発心《ほっしん》するのは、元旦だからなにか新鮮な思いつきのように感じられてあくまでこだわるが、平常だって珍しくはない。

壮年の頃は、前の晩の食事をしながら、明日の朝の食事を思い描いて、夕食を喰べおわるまでに内心でまとめてしまう。近頃はすぐ満腹になってしまって、その満腹がまたひどく重苦しくて、食事中に次の食事のことなどとても考えられない。

何かを喰い終ったときほど不愉快なものはないので、腹は突っ張らかり、涙と鼻汁があふれだし、喉《のど》が渇き、胸がやけ、そのうえもう喰えないという絶望感が重なる。腹を空かしていたときがなつかしい。腹を減らして、何かが喰いたいと思っているときが天国である。だから強い胃薬をガポスポ呑み、この不愉快さを逃れようとする。で、二時間もするとなんとか人心地がついてくる。そうして何かが喰いたくなってくる。腹が空いて喰い物のことを考えるときが一番幸福なことは重々承知しているが、その幸福ははかないもので、腹が減れば何かを喰ってしまうから、すぐまた胃薬が必要になってくる。

錠剤あり、顆粒あり、粉あり、発泡剤あり、なんでもよろしい。混ぜこぜにして呑む。飯を二膳喰って、胃薬を一膳呑むという感じである。先日トイレに行ったとき、排泄の最中に、ポロリンという音がした。よく検《あらた》めはしなかったが、あれはおそらく、胃薬がよくこなれないで出てきたのであろう。

私の胃袋は、胃薬をこなしきれないほどおとろえてしまったのか、と思う。

このところ、何を喰っているかというと、象徴的にいえば、御飯である。

あいかわらず胸がもたれて、食欲は本格的ではないけれど、食欲不振の折りですら、米の御飯を見ると生き返る。私の喰い物の核は米飯で、その他の食品はすべて御飯のために存在する。だから私は喰いしんぼうではあるが、おかずッ喰いではない。うどんやソバも御飯と一緒に喰べたい。パンですら、御飯につけて喰ってみたい。

実は、かねてから体重オーバーで、その御飯を一再ならずやめようとした。現に、御飯を喰べている以上、その決心はいつも半端な形で終ったので、はずかしいからくわしくは記さないが、私の意志の弱さのみならず、それにはいつも不運がつきまとうのである。今日から米断ち、と宣言して、一週間ほどの間に、どういうわけか、方々の知友から頂戴物をする。頂戴物をして嬉しくないわけがないが、まるで私をからかうかのように、米飯がなければどうにもならんような喰べ物をいっせいに送りつけてくるのである。

昨年の十二月のはじめに、何度目かの米断ちをした。すると待っていたように、京都の千枚漬をいただいた。魚河岸の知合いから、鱈子、筋子、数の子の入った樽《たる》をいただく。奈良漬をいただく。鳴海屋の明太子をいただく。ちょうど、お歳暮という厄介な季節だったことに気がついたときはおそい。他にも、私をこれ以上肥えさせて毒殺しようとして、川越産のさつま芋のかりんとう、ロバートスンの苺《いちご》ジャムなど甘味も送りつけてくる。私の大親友で、彼だけは平生、食事制限をうるさく注意してくれるE君まで、

「なににしようかと迷ったのですが、阿佐田さん、お好きだから――」

津軽漬をドサッと持って来た。

これで米飯を喰わない方がどうかしている。私は不承不承に米の飯をためらいつつ、喰べていたが、今年になってもうヤケで、馬鹿喰いするようになった。老いた母親が、正月に息子のところを訪ねてきて、土産《みやげ》にアレを持ってきたからである。アレが息子の大好物と知り抜いている母親が、あろうことか、デパートに立ち寄って、さまざまなアレを十袋ばかりも買ってしまったのである。

アレとはつまり、あの食品のことで、べつに名前を忘れているわけではないが、おそろしくてなかなかいえない。つまり〝ふりかけ〟である。どこのなんという名品ではない。ありきたりの〝ふりかけ〟であるが、ありきたりでいいというところに病膏肓《やまいこうこう》に入っていることがわかる。

これが我が家ではずっとタブーにされている喰い物で、私が肥《ふと》り出して以来、食卓の上に絶対これをおかない。

かりに、私の好きな副食物の中から、とりわけ好きなものを三品えらべ、といわれたら、

①　海苔《のり》

②　胡麻

ているから、そう思っただけでも昂奮してくる。

そのうえ瓶詰の海苔の佃煮《つくだに》でもあろうものなら、食事が終ったあと、ふりかけで一杯(小ドンブリに)、海苔の佃煮を浮かして茶漬を一杯、さらに興が乗って、ふりかけで一杯、と、とめどがなくなる。

私が街に買出しに行って食品ストアに入ったとしても、ふりかけ類が並べてある通路は避けてとおる。それが眼の前の食卓に並んだのだからたまらない。四、五年ぶりで、私は御飯を口いっぱいに含む味を味わった。

それまでは、二粒三粒、薬粒のように、何かを喰った合の手に口の中に入れて、ああ俺は米の飯を喰ってるんだぞ、と慰めていたのである。

昔の江戸ッ子ではないが、(ああ、死ぬまでに一度でいいから、米の飯をほおばってみてえ——)と思っていたのである。

ほおばりだした結果、また二キロばかり増量になった。

ではお前は、ふりかけの小袋以上に、愛する喰べ物はないのか、と問われれば、私も男だから、とっておきのアレのことを記さねばならない。

③ 鰹節《かつおぶし》

ということになるので、ありきたりの〝ふりかけ〟の中にはたいがいこの三種類が入っ葱《ねぎ》をみじんに切り、鰹節と海苔を混ぜ、化学調味料と醬油であえる。

ただそれだけのものだが、もうこれが食卓の上に出ると、ハアハアと肩で息をし、舌がダラリと伸びる。そのくらいうまくて、あきない。

ふりかけにしろ、この名称をつけがたい喰べ物にしろ、実にいいのは他の喰い物の味を損わないことである。

私の家でもカミさんが、他の料理の皿を膳の上に並べるし、つきあいでそれに箸を出さないでもないが、私にとって〝ふりかけ〟が主たる味であるといっても、同時に伴奏のようなものでもあり、他のどんな皿ともアンサンブルがとれる。

たとえば肉の生姜《しょうが》焼きがあるとしよう。あるいは蟹の三杯酢があるとしよう。それらは独立したそれぞれの味であり、喰べて、その味が口の中で消えるまで、次の箸が他の皿に伸びない。

今夜は肉を、或いは蟹を、喰べようというときはよろしい。しかし、ふりかけを喰べようというときに、それらはふりかけの味と風味を阻害する。

だから、巣に居るときは毎夜、ふりかけ御飯である。試みにヴェランダへ出て縄跳びすると、尻の穴から、ぱっぱっと、ふりかけが散り落ちるかもしれない。

しかし、ふりかけが手元にある間は、他の皿にはなるべく手を出さないようになる。

おうい卵やあい

ええ、このゥ、たまごというものは——、という古今亭志ん生の声音《こわね》をなつかしく思いだす。——子のかたまりがたまになっているものでありましてェ。

そういうたまごというものが私どもの前から姿を消してしまって久しい。近頃のスーパーなどで一ダースくらいずつパックされて売られているやつは無精卵で、子のかたまりでもなんでもない。あれを抱いて温めていたってひよこもなにも出てきやしない。

以前は、店先にあるたまごというものは、ピラミッド型にひとつずつ積まれているか、籾殻《もみがら》の中に埋まっているかしていた。主婦たちが掌《てのひら》にのせたり振ったりして、ひとつずつ選ぶ。小なれどもやはり生命あるものであり、それを喰べてしまうというしろめたい実感があった。ものを喰べるということは必要欠くべからざることでありながら、うしろめたい、そこに微妙な味があったように思う。

喰べ物も、パックなどされて現われてはおしまいで、文房具か石鹸の類《たぐい》と変るところがない。

江戸小咄《こばなし》などにも、女郎が抱え主の眼を盗んで夜鳴きうどんをとり、懐中に大事そうに忍ばせてきたたまごを、カチッと割り入れたりする場面がある。あれも有精卵だから、滋養になると思えるし、生あるもの同士が喰べたり喰べられたりしている哀れも誘うのである。

それに、高価ではないにせよ、現今のように安くはなかったように思う。日常の喰べ物ではありながら、たまごはそれ相応の贅沢《ぜいたく》品であった。安くて、感動もなく量産されていて、くだらなく便利になってしまったな。

地玉子、という名称は、生ソバ、という看板と同じで今はたいして意味のない形容になってしまったようだが、以前は、地鶏とか地玉子という言葉がちゃんと生きていた。東京周辺部では、多摩川沿岸がたまごの産地でね。割ると、ピンポン玉のような黄味がコリッとまるく盛りあがって崩れない。口の中に含むと、ねっとりとして歯ごたえがある。

生卵に歯ごたえという記し方が、大仰《おおぎょう》でないんだ。あの美味《うま》さは、今の若い人はもう知らないだろうな。

七、八年ほど前、多摩川の向う岸のおおきな団地の友人のところに泊めてもらったとき、朝早く、附近の小店を探索したら、朝とり卵、なんて札が立っていて、パックされていないたまごが積んであるから、こおどりして買い求めて友人の家で、カチッ、と割ってみたら、やっぱり、溶けて流れそうなペチャパイの黄味が出てきた。あれは、どうなってるのかね。

府中市に住む友人に訊《き》いても、近頃はパックされたたまごしか売ってないようだという。このへんにたくさんあった養鶏場も、臭気で住民に責められ、宅地に変るなどしてもう今はほとんど無くなってしまったようだ。

東京ばかりじゃない。地方の旅館でも、新鮮な生卵が朝食についてくるところが稀《まれ》になってしまった。全国的に大量生産方式ブロイラーの天下だものね。

今から十二、三年ばかり前になるけれども、国電目白駅の横手の石段をおりたあたりの路傍に、夕方になると、主婦たちの列ができる。しかしそのへんに店屋があるわけではない。定まった電信柱が彼女たちの目標で、やがて、そこへ七十ぐらいの小柄な老人が、汗のにじみ出た帽子をかぶり、大きなリュックを背負い両手に石油缶をぶらさげて、まるでかたつむりが住み家を背負って移動するような形で、息も絶え絶えになって現われる。

お爺《じい》さんは毎朝、暗いうちに起きて汽車で甲府の在の方まで行き、たまごを背負ってくるのである。降っても照っても、休みなし。雨降りの日は、商店街のアーケードの下に売り場をつくる。

大量生産の無精卵ではなくて、農家の庭で放し飼いにしてある鶏が、自然に産んだたまごである。そういうたまごは、甲府の在でも駅から相当に奥へ入らなければならない。

お爺さんは山裾を歩きまわって、少しずつ農家からたまごを集めてくる。そうして夕方、目白駅周辺までたどりつく。

これはもう、本当にこりこりした、輝くようなたまごであった。そのたまごを買って帰って、炊きたての飯にかけて喰うその美味さ。飯なんかなくたって、生卵だけ吞んで、頬《ほお》が落ちる。

いつからそんな稼業をやっているのか。私は当時目白の近くに住んでいて、偶然眼にとめて以来ファンになってしまったのであるが、昨日今日、どこかを停年退職してはじめたというふうではない。妙ないいかただが、一途《いちず》にこの生き方で押しとおしてきたような感じに見える。


戦後、焼け跡ヤミ市の頃、かつぎ屋という商売があった。かく申す私も十代の頃、野菜や果物を背負ってきて道ばたで売っていたことがある。私のようなのを含めて、初期の頃はヤミ屋さんといった。

統制経済の頃、政府から配給される物品以外はすべてヤミであり、それらを売り買いすることは条令違反である。もっとも配給物だけでは生きていけない。ヤミ行為をせず、条令を守りとおした結果栄養失調死し、一身にかえてそのことを証明した裁判官があった。だから都会の人間はすべて、条令違反をしながら育ってきたのである。

ヤミ市が発展してマーケットになり、おおっぴらにいろいろな物が売られるようになってからも、午前中、電車が着くたびにリュックを背負った人たちが三々五々とおりたってきて、駅前の商店街に物品を卸《おろ》していく。彼等はもうヤミ屋とは呼ばれず、かつぎ屋といった。

最後まで統制されていた米が多く、それは料理屋や個人契約の家に運ばれる。が、果物や干物類などはかつぎ屋の手をとおして仕入れていた店が多かったはずだ。

生産地の人が直接運んでくる場合もある。しかし大部分はヤミ屋時代からの人で、年輩の男女が多く、中には復員兵の恰好《かっこう》そのままで十年も続けているという人もあった。ある程度の年輩になると、職業転換がなかなかむずかしいし、おっくうになる。

けれども普通は、世間の復興の歩調に合わせて、ヤミ市時代の生き方を変えていた。そういう眼には、いつまでたってもただもう身体を使ってわずかな利ざやをとる彼等の生き方が、なんだか気の利かないものに見えた。

実際、物価もやや安定し、もっと合理的機能的な仕入れ方法も他にできてくると、弱い個人は買い叩かれてしまうのだ。利がすくなくなれば量でおぎなうほかはなく、持ち運ぶ荷がどんどん大きくなる。

ヤミ屋時代から、一斉《いっせい》と称する取締りがときどきあって、荷を召し上げられたり始末書を書かされたりする。いわゆる法網をくぐる商売だったが、個人的には実に辛抱づよい、地味な人柄の人が多かったように思う。またそういう人でなければとても続かない。

私の母親のところに米を運んできていたおじさんは、荷をおくと熱い茶を所望して弁当を使ったが、彼の弁当は米飯ではなかった。うどん粉のパンか、芋だった。

そうして彼等の姿も昭和三十年代にはほとんど見られなくなった。

察するに、目白のたまごのお爺さんは、そういう類の生き残りであろうか。――私ははじめそう思った。

ほどなくその考えを変えた。お爺さんがたまごをあつかうときの手つきが撫《な》でさするように丁寧なのである。この仕事を本当に愛してるんだな、と思う。たまごを運んで、売る、そうしていることが好きで好きでしようがないんだ。そうとしかいいようがない。ただの惰性で老人に続けられるわけがない。

とにかく、ありふれた無精卵よりも、お爺さんが難行苦行して運んでくる本物のたまごの方が、ずっと安いのである。

主婦たちは皆、容器を持って並んで、一キロ、二キロと買っていく。周辺のおソバ屋さんや小料理屋さんも並んでいる。

せっかく安売りしたって、その人たちが商売に使って結局もうけてしまうわけで、あほらしいようにも思えるが、お爺さんはついぞそんなことは考えないらしい。本質的に人間が高貴なのである。

古風なカンカン秤《ばか》りで、註文をききながら秤っているが、なかなかぴったりと目方が合わない。すると大ぶりなのと小ぶりなのと替えたり、あっちをいじり、こっちをいれかえ、一人の客に売るのにも相当に手間がかかる。ときとして、たまごを抱えたまま放心していることもあるくらいだ。

それでなかなか列が進まないが、誰ひとり文句をいう者がない。皆、お爺さんの汗のしみでた帽子や洋服のあたりに眼をとめながら、ひっそりと待っている。

まったくそれは絵になる光景だった。ものを売り買いするということは、こういうことなのだ、と思う。私も、それを買った以上、お爺さんに倣《なら》って、大切に、宝石のように、そのたまごをあつかおうと思う。

それで家に帰ってきて、大切なたまごを、カチッ、と割って喰べてしまう。お爺さんの汗と執着が、つうッと喉《のど》のあたりをすべりおちる。実にあっけなく、またうしろめたいが、ものを喰べるということは、実はこういうことなのだと思う。

あのお爺さんはどうしたろう。私が目白から荻窪に移る前に、ぱったり姿を見かけなくなってしまったが。何があろうと商売を休むような人ではなかったが——。

たまごについて、記すことはたくさんあるのだけれど、目白のお爺さんで意外にページを喰ってしまった。あとはちょっと駈け足になる。

実は、私は、こりこりの有精卵には感情移入しているけれど、たまごは、私の大好物とはいいがたい。

トロッととろけるようなプレーンオムレツは美味い。輪切りにして弁当の中に入っている固ゆで卵も、なんとなく捨てがたい。けれども、何が喰いたい、と訊かれて、たまご、と答えることはめったにあるまい。

私の知人の中で、たまご男は漫画家の黒鉄ヒロシである。なじみの旅館で彼と麻雀をしていて、深夜になると、

「あのゥ、お女将《かみ》、例のやつ——」

「ああ、あれね、わかりました——」

ほら、はじまった、とこちらも思っている。やがてお女将が大皿にゆで卵を山と盛って出してくる。

黒鉄ヒロシは、いきなりそれを、五つ六つ、むしゃむしゃ喰ってしまう。皮を剝《む》くのがまにあわなくて、お女将がつききりでそばに坐って皮を剝いてやる。

そこで小休止して、また二つか三つ、喰う。あんなに喰っちまって、コレステロールの塊《かたまり》になるぞ。黒鉄ヒロシじゃなくて、コレステヒロシになっちゃう。

そう思いつつ、私もつられて、喰う。他人を誘いこむ勢いを、彼の喰い方は備えている。

昔、三島由紀夫の小説を読んでいたら、ゲイボーイの人が卵を肛門に一つ二つさしこんで、鶏のようにポトリと産んでみせる場面があって、なるほど、さすが、と感心したが、あの頃は私も純情だったな。それ以前は、小学校の遠足で、どうしたはずみか、皮を剝いた丸のままのゆで卵を、嚙《か》まずに吞みこんで呼吸困難におちいった子を目撃し、これにおおいに感心していた。

口で吞みこむより、肛門で吞みこむ方が奇態にはちがいないが、しかし今考えてみても、丸のままのやつを、大人だって、そっくり鵜《う》吞みにすることはできないと思う。はずみといえばそれまでだが、喉の太い子だったのだろう。もっとも私たちは、巳《み》年であって、そう思えば不思議ではなくなる。

実は、この原稿を記す前に、築地魚河岸《うおがし》近くの〝とゝや〟というメシ屋を再訪した。たまごのことを記すならば、この店を逸することはできないと思ったからだ。

この〝とゝや〟というのは、河岸に仕入れに来る人たちが愛好した店で、したがって昔は朝方早く開店し、昼すぎにはもう閉店してしまう、という店だった。

小柄なお爺さんが店先で、気むずかしそうにトリを焼いていた。できますものは、焼トリを丼にのせたようなキジ丼と親子丼。それにスープが出る。このスープがうまい。

いつ頃からか二代目夫婦が店をとりしきるようになり、店内も小綺麗《こぎれい》にし、夕方もやるようになった。喰べ物の本などにときどき、キジ丼の店として載っているからご存じの方もあろう。

しかし私はこの店の親子丼の方のファンなのである。親子丼というもの、すっかりおソバ屋さんのつけたりの品目に堕してしまって、どうも印象が下卑《げび》てしまったが、本来はうまい喰い物だと思う。

ちゃんと心をこめてつくれば、我々庶民にとってご馳走《ちそう》になりうる喰い物なのに、ちゃんとつくってくれるところがない。これがどうも腹立たしい。親子丼しかり、ハヤシライスしかり、チャーハンしかり。街の飲食店はチャーハンなど、昨日の残り飯の始末をするつもりでいる。

〝とゝや〟の親子丼はちがった。東京でただひとつといってもいい、ちゃんとした喰べ物だった。みじんに切ったトリ肉（ひき肉ではないぞ）を一緒にして煎《い》り玉子ふうにつくったものが具である。実に舌になめらかで、繊細な喰べ物になっている。それで十年ほど前でたしか六百五十円だった。

ところが、この店に合わせて早起きし、練馬から長駆、車を飛ばして行ったのに、店内に入ると、キジ丼の標示しかない。

「親子丼はどうしたのですか――」

「ああ、あれはもうだいぶ前にやめました」

哀しかった。食通の本が、キジ丼のことを記すものだから、こうなってしまう。親子丼という標示だけでは、もう客の心を誘わなくなったのか。

それとも、上質のたまごが手に入らなくなったからなのか。

もうこうなると、私の知っている限り、親子丼は、日本じゅうであそこ一軒きりである。静岡の〝中村屋〟。駅前から国道一号線を少し浜松方面に行き、昭和町通りに折れて共同石油のスタンドの角を曲がったあたり、これも小さな店だが、まアここは日本一の親子丼専門店だろう。

ただし近年はごぶさたしている。まさか、やめました、ではないだろう。やっていてくれますように、祈りたい気持ちである。

ここの親子丼もトリと煎り玉子を御飯のうえにのせたものだ。

俗にいう親子丼は、この店では〝はんじゅく〟と称している。半熟、であろう。まったく親子丼は、というよりたまご料理はすべて、半熟であるところに生命がある。

もうひとつ、〝たきこみ〟と称するトリのたきこみ御飯があるが、これもすばらしい。まア喰べてごらんなさい。いずれも四、五百円だった。

昔、静岡に行けばもちろんだが、新幹線を途中でおりて喰べに行ったこともある。ここに行って、親子丼を喰べ、たきこみ御飯を喰べ、できればさらに〝はんじゅく〟を喰べたい。腹が一杯になってそういかないのが口惜《くや》しい。

いつか永六輔さんがこの〝中村屋〟のことをいいだして、私は狂喜し、二人で百年の友のようにしっかり手を握り合ったことがあった。

とにかく、よい店、よい商人というものは、構えでなく、愛嬌でなく、ただあつかう物にどことなく気品がただようものである。

ソバはウドン粉に限る

ソバというと若い人はラーメンのことだと思う、という巷説《こうせつ》ができて久しい。この傾向は今も変らないようだが、最近の若者を見ていると、ラーメンもいくらか贅沢《ぜいたく》な、外出時の喰べ物としての箔《はく》がついてきたように思われる。札幌ラーメン、熊本ラーメン、京風ラーメン、その他いろいろな地方の特長を生かした店が増え、ラーメン造りの名人のような顔をした親爺《おやじ》さんの居る店がそちこちにある。

そうしてインスタントラーメンとかカップラーメンの類が、ラーメンのもうひとつ普段着の喰べ物になっているらしい。

日本ソバが若い人たちに受けなくなったのは、全体に淡味《うすあじ》でギトギトしたところがないせいもあるが、古風な店構えを重んじて、眼の前で調理しないという点が主たる理由のように思われる。

ソバなんてものは茹《ゆ》でたてが値打ちで、茹であげてからものの三分とたたないうちに、香りは飛ぶし、ノビるし、クタクタのソバなんて喰えたものじゃない。

それを従来の街のソバ屋さんは、手数を省くためなのか、何人分かひとまとめに茹でてしまうから、ちょっと客足が遠のく時間に店に入ると、大分前に茹でてノビ切っているものを出される。出されれば箸をつけないで出ていくわけにはいかない。

熱い汁に浮かせた丼系統のソバは、どうしてもノビ加減になるので、クタクタでもあきらめがつくが、ザル系統のやつを頼んで、運ばれてきたときもう白っぽく変色しているのがある。

表面の方だけ茹でたてで、ザルに残った半端な分を中にアンコのように包み隠して持ってきたりする。こうなると、茹でおきが丁度切れて、自分の分からそっくり新規に茹でてもらう幸運を神に祈りながら店に入るほかはない。

これじゃア誰だって、眼の前でちゃんと（すくなくとも茹でたてだ）調理してくれるラーメン屋の方に足が向く。

もっともね、先日、愛知県岡崎市、名鉄東岡崎駅ビル内の飯店で冷やしソバを頼んだが、これが大ノビで、ひと口ほおばったものを呑みこむのがやっとだった。冷やしソバの大ノビというのは珍しい。

私は戦争育ちだから、ひどい喰べ物にはさまで驚かない。また、商品というものは結局は売る方の都合でできているので、それを買う方の都合で買うのであって、もともとお互いの都合が主になってぶつかりあっているのであるから、双方の希望が一致しなくても少しも不思議はないように思う。

現在まだ営業しているかどうか知らないが、椎名町にある〝東亭〟という中華風ゴハン屋さんがあって、とっても安いし、値段のわりにうまい物を喰わせるので、二十年ほど前は落合に住む友人を訪ねると家族同伴でタクシーに乗ってよく喰いに出かけた。

なにしろ当時の金で三千円ほどあれば、三、四人で腹一杯呑み喰いして、喰い残したものをパックに入れてもらって土産にして持って帰ることができた。いくら当時だって普通の中華料理店で卓を囲めばその倍はした。

そこの親爺さんは、戦前、都心の大きな中華料理店のコックだったらしいが、なにしろ酒好きで、そのうえ人嫌いだから、腕はよくても料理人として大成しない。

〝東亭〟という店も、中華系のくせに、ソバをやらない。

「ラーメンなんて、乞食の喰う物です」

なんていう。何故か、シュウマイは抜群にうまい物が常時あるが、ギョーザは作らない。蟹たまはあるが、カニタマ丼（天津丼）としてゴハンの上にのせるように頼むと、そんな物はウチではやりません、という。そのへんがむずかしくて、親爺のやり方をのみこむまで苦労する。

日中は店を閉めている。しかし夕方になると、ひたすら酒を呑みたくなってしまうので、店を開けてノレンを出したがらない。暗くなって、カミさんと言い争ったりしながら、本当にかくれるように、ちょこっと出す。ほんの三十分くらい、やってるかどうか。客がとぎれると、すぐ閉めて、酒になる。客がとぎれないと、調理場で、咳払《せきばら》いしたり、カミさんを叱ったり、いらいらしている気配がよくわかる。

私たちは遠くからわざわざ出向くのであるが、よほど間がよくないと、準備中、か、本日休業のフダがかかっている。

カミさんの話によると、店の前に人通りがあるときはノレンを出しに行かないので、ノレンを持ったまま、店土間でじっと、人通りのスキを狙っていて、投手のモーションを盗むランナーのような表情でおずおずと出しに行くそうである。

一度、親爺がそうやってノレンを出しに来たとたんに、我々が四つ角を曲がって姿を現わした。親爺はあわててノレンを持ったままひっこもうとする。我々が追いすがって親爺を押すように店の中へ入りこんだ。なにしろ我々は皿数を多く頼んで長居をするのである。

そんなにまでしても、営業であるからには、まるっきり店を開けないというわけにはいかない。そこが面白い。私たちはその店の喰い物と一緒に、親爺の二律背反的都合をも愛して、〝東亭〟によく行った。

あるとき、出勤前の近くのキャバレーのホステスらしいのが、

「エビフライが喰べたいな。東京に来て、一度、エビフライを喰べてみようと思ってたの」

すると親爺が、すっと出ていって、大正エビを買ってきたらしく、店の品目にないエビフライを作った。私たちは眼をまるくしたが、そういう機嫌のときもたまにはあるのである。

もう十年ばかり前の正月のことだが、友人に誘われて、谷川岳の麓《ふもと》の湯檜曽《ゆびそ》という温泉に行った。正月、温泉に行こうとすると、もう何ケ月も前から予約をして、先へ先へと手を打たねばならない。私は無計画な男だからとてもそんなことまでして出かける気はないので、たいがい自分の巣で寝正月になる。

そこへ友人から電話が来て、部屋をとってあるから一緒に行かないか、という。私はその頃から体調を崩しており、正月という奴は麻雀の誘いなど重なって、東京に居ても泥々になりがちになるのがうっとうしい。それに湯檜曽というところには、若い時分に行ったことがあり、雪の夜、山の中腹を走る夜汽車の灯を、汽車がトンネルに吸われるまで、某

女と眺めていた記憶がある。

で、夜汽車を眺めに、また行く気になった。相変らずただ湯ばかりがある静かな所で、平和なような退屈なような正月を送った。

しかし山の中だから、喰べ物はまことにつまらない。昼近く、私たちは旅館の前の土産物店などがポチポチと並んだ目抜きの道を散歩していて、名代手打ソバの某という店をみつけた。

店の名前がどうしても思い出せないのが残念だが、構えがその近辺としてはなかなか凝《こ》っている。

「どうせ旅館では昼飯は出ないし――」と友人がいった。「夕方までのつなぎにソバでも喰うか」

その友人が夫婦ともども喰いしんぼうな連中で、いつか私の巣へやってきて、さんざん呑み喰いした末に、朝方の五時頃、稲荷鮨が喰いたくなったといって、飯を炊くやら、豆腐屋に油揚げを買いに行くやら、大騒ぎをしたことがある。

で、まア、そのソバ屋に入った。

四つ五つ、土間に卓があり、隅の一つだけがあいている。我々はそこに腰かけた。

しばらくして、茶が運ばれ、お内儀《かみ》らしいのが、註文をききにきた。

店に入ったとき、ふと、妙だな、と思ったのは、卓のどの客も手持無沙汰につくねんと腰かけているだけで、空《あ》いたドンブリすらもない。ソバ屋というものは、できればすぐ運ばれてきて客の誰かが喰べており、間断なく入れかわっているものである。

左手の奥の小座敷にも客が居て、のんびり世間話をしている。右手の奥にも座敷があり、これは家族の使用している部屋の感じだが、そこにも掘炬燵《ごたつ》ふうのものを囲んで、五、六人の人が坐りこんでいる。

要するに、家内に人間が鈴鳴りになっている。

私たちが居る場所から調理場も半分ほど見えるが、釜からは湯煙が立ち、初老の夫婦が天手古舞《てんてこまい》して働いている。近くの旅館からであろう、ひっきりなしに電話がかかってくる。

土間の客たちは皆、ぼんやりテレビを眺めている。

これは少し時間がかかりそうだと思って、酒を頼んだ。酒だけはすぐに出てくる。ソバ味噌の小皿がついてくる。

私たちは知人の誰彼の噂話をし、小説の話をし、ギャンブルの話をし、友人がしばらく滞留していたインドの話をした。

一時間はとうにすぎたが、まだどの卓にもソバが運ばれてこない。

「おい、あの奥の座敷の人たちも客だろうか――」

「さあねえ――」と友人が答えた。「正月だから、身内の者が遊びに来てるのじゃないか」

店の裏の方からは、出前の品がぞくぞく運び出されているのかもしれないが、なにしろ店の方には音沙汰がない。

催促をしようにも、店主夫婦はわき目もふらず、飛びはねるように調理場を右往左往しているので、そのスキがない。

「座敷の方の人は、客でなければいいがなア」

「そうだな。あれも客だとすると、このペースではいつになったら俺たちの番になるのか見当もつかない」

隣の卓の赤ん坊が、寝たり起きたり、二度も乳を呑んだ。

もうソバなんかいい、出よう、と席を蹴立てて飛び出す時機を失している。あまりに馬鹿馬鹿しくて、こうなったら此方《こっち》も平気な顔を装って、あくまでも待とうと思うだけである。

友人の細君が、ゲラゲラ笑い出した。

「あたしたち、旅館に泊っているんだか、この店に逗留してるんだかわからないわね」

「まあいい――」と友人がしたり顔にいう。

「旅館に居たってどうせぼんやりしているんだ。どこでぼんやりするのも同じことさ」

私たちは隣の店でピーナツや煎餅《せんべい》を買ってきて、つまみの補給をし、酒を呑み続けた。友人が調理場の方まで行って、酒、というと、内儀さんが、このいそがしいのに何だ、という表情で徳利を運んできてくれる。

隣の卓の子連れの客は、この店を知悉《ちしつ》しているらしく、我々以上にたじろがない。

「有名なんですよ。この辺では」

「おそくて有名なんですか」

「え？　いいえ、本物のソバなんです。客の顔を見てからソバ粉をひいて、手作りのを出すんです」

それにしても、もう三時をすぎて、夕景が迫っている。ときどき、ここがソバ屋だという証拠のように、格子を開けて客が入ってくるが、満員とみてすぐに出て行く。

うす暗くなった頃、旅館の客らしい男が、激怒した様子でどなりこんできた。

「どうなってるんだ、この店は——」

彼は調理場の入口まで行って、怒声を中に吹きこんだ。

「昼に注文したのが、何度催促してもラチがあかないじゃないか。ソバはできてるのかね、どうなんだ」

「はい、もう少しお待ちください。すみませんです」

「待てといって、夕食と一緒に届いたって喰えやしないぞ」

「へえ、でも順番にやってますんで——」と店主は表情も変えずに、奥の座敷の客の方を指さした。「あちらさんは、朝から来て待っていらっしゃるんで——」

どなりこんできた客が、ふえッ、という顔つきになった。彼は、ソバ屋に住みついたようになっている我々の顔を一人一人見直し、我々は我々で、なぜか、ざまア見ろと思って、もう何日も前から待っているような表情で胸をそらしたりした。

その客には世にも阿呆な客に見えたにちがいない。しかし一杯のソバでここまで苦闘すると、馬鹿馬鹿しさをとおりこして旅情の一程になるから不思議である。

とにかく私たちは、とうとうその店のソバを腹におさめて、とっぷり暮れた道を旅館まで戻ってきた。

その店のソバは、いわゆる田舎風のごわごわした奴で、まア名代の看板が偽りでない程度の味だった。

しかし私は、せっかく店主が天手古舞して打ってくれようがどうしようが、ソバ粉のソバという奴をあまり好かない。ソバ好きであることは自認しているが、東京にもあるいわゆる名代の手打ソバ屋に行くくらいなら、協定価格の街方の平凡なソバ屋で、茹でたてのをツルツルっとすすりたい方である。あんなものは、ウドン粉だくさんで、本当のソバじゃない——、といわれたって平気である。ウドン粉けっこう。ソバ粉が全然入っていないというのもどうかと思うが、とにかく街の普通のソバがいい。小さいときからそういうソバを喰って育って、それに慣らされてしまったのであろうが、お袋の味、というのだってそんなものであろう。

とにかく、ソバはウドン粉に限る、と思っている。但し、ウドン粉ソバならなんでもいいというのではなく、そこに微妙な選択があって、私の好みに適合したいい職人が居る店がよい。

ついでにいうと、ツルツルでなく、ズルズルの方のウドンも、多くのウドン好きは、讃《さぬ》岐《き》ウドンのような、しこしこと歯ざわりの固いウドンをお好みらしいが、私は縮緬《ちりめん》のようにふわっとしていて、しかもいうにいわれぬ歯ごたえのある系統のものが好きだ。荻窪の〝本むら庵〟のソバは、ソバ粉ソバだが、ウドンの方は私の好みにぴったりする。私は時折り発心してこの店に行き、茹でてない奴を三人前ほど箱に入れて貰って、家に帰ってゆっくり楽しむ。これがある日は朝早く眼がさめる。

もうひとつ、大きなスーパーで売っている秋田の稲庭うどんという奴も、私の好みにぴったりである。

私は今、練馬に住んでいるが、環七沿いにある有名ソバ店にはあまり行かず、もっぱら練馬駅近くの名もなき店に通っている。私は白い糸のような更科《さらしな》ソバもあまり好かないし、通人がよくいう〝藪《やぶ》〟も、室町の〝砂場〟も、喰えばうまいが、それほど珍重しない。ただ、名もなき店にひどいのが多いから老舗《しにせ》に行った方が安全だというだけだ。それに、街方の名もなき店は、つけ汁が甘ったるすぎる。

そんなわけで、名もなき店の方には広範囲にわたって精通しており、私の行動範囲の中で、どの方面にも好ましい店がある。したがって外出するとそれ等の店の前を素通りできない。へんなソバ好きだが、諸方の店がけっしてソバ粉を多く使おうなどという気をおこさず、ウドン粉を精製する志をまげないように祈っている。

江戸前の落ちこぼれ　もんじゃと豆かん

江戸前、というのは、私どもの馴染《なじ》んでいる語感からいうと、近くの海でとれる小魚類のことをいうような気がするが、どうなのだろう。江戸前の蕎麦《そば》、江戸前の鰻《うなぎ》、というかしら。こんなことは字引でもひけばすぐわかるかもしれないが、どうも字引は漢字を調べるときは使うが、言語の意味を探るために使うのは味気なくて、まちがっていてもなんでも私自身のその言葉に対する実感を大切にしていたいような気分にときどきなる。

桂三木助の〝芝浜〟という落語のまくらに白魚《しらうお》の鮨のことが出てくるが、江戸前というとすぐそういうことを思いだす。それから、秋のはじめに出るこはだの新子《しんこ》。白魚も新子も、もちろん今は芝や深川の海ではとれない。天ぷらのぎんぽうやめごちもきっと遠いところから来るのだろう。東京には海らしい海がなくなってしまったから、したがって江戸前という言葉も実がなくなってしまったことになる。

江戸前でなく、江戸風、ということなら、〝八百善〟や卵焼きの〝扇屋〟にいけばそういう料理が出てくるのかもしれないが、私はこの両店とも行ったことがないからよくわからない。

考えてみると、東京に生まれた私どもがとっくの昔に、江戸前などにこだわらなくなっているようだ。まったく今の東京に居ると、東京が故郷という気はしない。喰べる物ひとつとってみても、日本じゅう、いや世界じゅうの喰べ物が軒を並べていて、質はともかくその種類の多さに眼が廻り、江戸前を思いだしている余裕がない。

江戸前かどうかはともかく、私どもにも、幼いときから親しんできた地の喰べ物というものがあったのだけれど、街の中にその気配があまりない。

近頃は、旧市内とか新市域とかいう言葉もすっかり死語になってしまったようだ。

「旧市内って、どこのあたりまでをさすのですか」と訊いてきたのは、若さを誇る某誌の編集者T君である。

「現在の区別になる前の東京だね。おおざっぱにいって山手線の内側と隅田川の河口附近かな」

「ははア、なるほど――」とT君がうなずいた。「ひとつ利口になったな。旧市内か。つまり、江戸の頃の話でしょう」

滝野川区だの、小石川区だのってのから、豊島区だの、文京区だのになったのが、いつ頃だったろうか。大戦争突入期の東京市から東京都に変ったあたりだったか。あるいはもう少し後か。

私は旧市内の牛込区の生まれである。そうして成人して後、寝ぐら定めぬ渡り鳥で東京のあちこちを方々ほっつき歩き、ただ今は、昔ふうにいう郡部、新市域の練馬に住んでいる。十年ほど前は荻窪にも居た。住んでみると練馬も荻窪もわるいところではない。しかし私は、どうせ一ケ所に定着するなら旧市内、できれば大昔でいう江戸の囲いの中へ戻りたいと思っている。

ばかだなア、旧市内なんて空気はわるいし騒音はひどいし、人間の住むところじゃないよ、という声もきこえるけれど、それでもよろしい。郊外はいやだ。なぜなら、理由はたったひとつ、商店の感じが新市域と旧市内では今ひとつちがうように思えるからである。

商店といっても、私が直接ふれ合うのは主に喰べ物屋だ。洋食屋とかソバ屋とか、ちょっと外出して手軽に喰べられる店は、ポツリポツリとだが、まアないこともない。郊外といっても中央線沿線の各駅周辺はそれなりに繁華街である。いわゆる食品屋さんが、ない。いや、たくさんあるけれど、私にいわせれば、旧市内の商店とはちょっとちがうのである。

今はビルになってどうなったか、荻窪北口のマーケットなどは魚屋も八百屋も評判よく、人が集まること中央線随一、毎日ものすごい量がはけるらしい。高円寺や吉祥寺は物価の安いことでも定評がある。

こういう店では切身はたくさん並んでいるし、贅沢《ぜいたく》な魚や蟹《かに》や海老が山になっていて、売れまくるから品物だってわるくないのだろうが、あまりにいそがしいのと、売り子さんが威勢をつけすぎていて、客との懇談ができていない。

「さア安いぞ、鰯《いわし》の大安売り、さア持ってってくれ」

あっちの奥さんにもこっちの奥さんにもおかまいなしに安いのを押しつける。薄利多売、それがどうしていけないんだ、と店の人はいうだろう。でもどこのマーケットだって、ちょっと手のかかる処理はやってくれないし、切身なんてのも悲しいくらい画一的な薄さで、べらぼうめ、こっちの好みの厚さに切って貰うんじゃなくちゃ一銭だって銭を出すものか、という気になる。

旧市内のお店は概してそんなに山のように人がふったかるほどいそがしくないのである。そのかわり、客が固定している。まずそこの主人の人格をこちらが気に入り、向うにもこちらの好みや家庭状況をわかって貰い、ごく親しい友人のような関係になって、売ったり買ったりするのである。

大仰《おおぎょう》にいえば、一軒を信用して、もうそこの店の運命とこちらも軌《き》を一《いつ》にするのだ。

「今日は何がいいかしら——」

「今日は生鮭《なまざけ》にむつに鰯。さわらもいいよ。はまちは駄目、養殖だから。こないだ煮魚だったでしょ。さわらのつけ焼なんかどう」

魚のよしあしばかりでなく、好みや経済の様子《くらし》まで一瞬に勘案して、適当なことをいってくれる。魚屋さんばかりではない。八百屋さんでも果物屋さんでも、葉茶屋さんでも煎豆屋さんでもそうであり、おかげで私は彼等の蘊蓄《うんちく》をずいぶん教わった。特に果物はどの時期にどこ産のものを喰べればよいかを知っておくことが必須条件である。

そこへ行くと、例外もあるけれど、新市域は新しい店が多い。つい戦争中まではほとんど店なんかなかったところなのだから。そこへもってきて、客の方も、戦後にうわっと移住して来た者が大部分。

店と客とが二代三代にわたたっていない。お互い見ず知らず同士で売ったり買ったりしているのだ。だから商品が画一的になる。問題は値の安さや、品物の新しさということになり、自分がどうしてこの品物を手にしなければならないのか、自分独得の納得がない。

近頃流行のスーパーはもっとひどい。あそこは売り手の姿さえない。どんな男が、どんなつもりで仕入れ、買い手をどんな人間と思っているのか、それすらわからない。

ある日、やはり食味の雑誌を手伝っている下町育ちのお嬢さんとしゃべっているうちに、突然、もんじゃが喰べたくなった。

近頃、不意に発情する。特に喰べ物に関してそうで、毎日雑然とあれこれ喰べているくせに、喰べ忘れているものがたくさんあるような気がする。私の奇妙な実感でいうと、なんであれ、ひとつの物を四六時中ほおばってそれ専門に喰べるのでなければ、喰べたという実感が湧かないけれども、どうしてもあれこれ喰べて印象を散らばしてしまう。だから何とも深くならない。何にでも餓えてくる。

もっとも思いたってすぐに行ったわけではない。もんじゃ焼の面影がうずいたままになっているとき、本誌「饗宴」の特集が〝江戸前〟であることを知った。特集であるならば、鮨はもちろん、ごま油の天ぷらや蒸した鰻や蕎麦や海苔《のり》などもあつかっているだろう。私は私流に〝江戸前〟の落ちこぼれでいこう。

「もんじゃを喰べに行かないか」

と担当のN嬢にいったら、

「もんじゃって何ですか」

という。そこでますます行く腹がきまった。

もんじゃは私も戦後二、三度しか口にしたことがない。しかし私の子供の頃は、特に下町ではそう珍しい喰べ物ではなかった。露地を入ったあたりに、もんじゃ焼と書いた赤い提灯《ちょうちん》をぶらさげた小さい家があった。外から見ると暗い穴ぐらのような店で、土間に卓が二つ三つあり、つつましげな娘さんたちや、子連れの職人などがひっそりと喰べていたりする。私はごく小さい頃から学校をサボって下町の盛り場をほっつき歩いていたからわずかに知っているが、戦後はすっかり、関西風のお好み焼にとってかわられてしまった。

わかりやすくいえば関東風お好み焼であるが、似ているようでまったくちがう。どうちがうか、後述するけれども、折りがあったら喰べてみてください。

戦後の東京では、どういうわけか、佃島《つくだじま》と、向島鐘ヶ淵あたり、この二ケ所にかたまってある。それ以外にはもんじゃを看板にした店を知らない。

私はまず、鐘ヶ淵のもんじゃに再会して（ここはなつかしき玉の井のそばなのである）、それから下町にある江戸前の落ちこぼれのような店を転々としながら、佃島もんじゃに至ろうと考えて、N嬢と上野で待ち合わせたが、編集長が珍しがって、カメラの佐藤氏と一緒にもんじゃを喰いに夕方佃島にくるという。

それでは方々廻っている余裕はない。けれども前夜から、下町に行くならこれだけはと思ってうずうずしていた喰べ物があった。

「実は浅草にもう一軒、江戸前の落ちこぼれみたいな店があるんだ」

と私はN嬢にいった。

「豆かんて知ってる？」

「知りません」

「じゃ、大いそぎでそこに行こう」

「なんですか、それは」

「正式にいえば豆かんてん。寒天の上に赤豌豆《あかえんどう》がかぶさるようにどっさりのっていて、黒《くろ》蜜《みつ》をかけて喰う」

浅草三業地検番そばの〝梅むら〟。豆かんはここに限る。下町の老舗《しにせ》のお汁粉屋さんでは、チラリホラリ豆かんをやっているところもあるが、総じて赤豌豆が固めで、つまり蜜豆の中に入っている塩茹での赤豌豆と同じような感じで、どうもいけない。〝梅むら〟の は豆の皮があってなきがごとく、口の中にいれると寒天と同じ柔らかさで舌の上でとろけてしまう。

「どうだい――」

「おいしい。すごい」

とN嬢はいった。ひとつ三百円の、東京下町、たった一軒しかない贅沢の味である。私は酒を呑むと、デザートにいつもこれが欲しくなる。晩春、いや初夏のちょっとなまあたたかいような夜なら、酒を呑んでいなくても欲しい。しかし今度、ひんやりした秋の終り頃でもやっぱり口に合うと知った。

ちなみに梅むらは私の子供の頃の場所と少しちがう。戦争で旧店が廃業し、勤めていた今の店主が受けついでもう三十年とか。赤豌豆を煮る専門家であるが、黒豆は煮たことがない由《よし》。プロとはそういうもので理屈なく一筋道であるのだろう。

もんじゃも、安い。今度いってみても、普通の奴が三百円ぐらい、ソバ入りもんじゃで五、六百円だったたか。

鉄板に油をうすく敷いて、客が自分で焼く。そういうところはお好み焼と同類であるが、いくら焼いてもホットケーキ状に固まらない。全然形が定まらなくて、くねくね、くねくね、している。もんじゃ焼を文字焼と受けとるのはまちがいで、くねくねとしたっきりの感じが、なんじゃもんじゃ、なのである。

だから、ちょっと焼き方に慣れがいる。キャベツだの烏賊《いか》だの具を土堤《どて》のようにまわりにおき、その中にウドン粉にソースを混ぜてゆるくといたものを流しこむ。これがひとつ。もうひとつはあらかじめ混ぜちゃって小さなへらで、際限なくくねくねかきまわす。

それで隅っこから少しずつ、小さいへらにのせてふうふういいながら喰べる。

「ははア、子供だましみたいだが、こりゃうまいね。馬鹿にならんよ」

カメラ氏は今度は家族連れで来るといいだした。

隣の卓で女学生の三人連れがソバ入りを焼いていて、なれきった手つきである。この近くの娘さんらしい。

「いつも喰べてるんだな」

「ええ、学校の帰りにね」

「肥っちゃうぞ」

うわっと笑ったが、しかし三人ともスマートである。私だけがもんじゃを十人前喰ったような腹をしている。

「昔、クロンボってのがあったんだが、今はもうメニューに書いてないね」

「クロンボって何、知らない」

「アンコを前もってもんじゃに混ぜてよくかきまわして焼くんだ。こげ茶色に焼けてね。進駐軍が居た頃の喰い物なんだが」

外はもう暗い。佃島の商店街〝月島銀座〟も店がまえが立派になった。もんじゃ焼の赤提灯は昔どおりだが、どの店もそれなりに小綺麗になっている。しかし、他の街には伝播《でんぱ》していかない。ここはここだけで、世の流れに無関係にひっそりと続いている。それがなんだか奥床《おくゆか》しく見える。

右頬に豆を含んで

つれづれなるまま、花札ならぬ、私の（個人的な）食札をつくってみようと思いたったが、その季節を代表する大好物が目白押しにある月と、三月のように、これという極め手《きて》をえらびにくい気がする月とある。

1月　ふぐ（白子《しらこ》が出廻るので）
2月　蟹《かに》
3月　苺《いちご》
4月　筍《たけのこ》
5月　豌豆《えんどう》
6月　そら豆
7月　豆腐
8月　鰻《うなぎ》

9月　新子《しんこ》
10月　さば
11月　金時芋
12月　大根

むろん、人によってずいぶんちがうだろう。かきとか松茸、鴨《かも》、山菜類、果物が入っていないし、生いくら、鱈《たら》、どじょう、葱《ねぎ》、アスパラガスなどもそれぞれの季節にはめこみたいが出る余地がない。

九月の新子は鮨ダネであるが、関西の人なら、鱧《はも》をあげるかもしれない。私は鱧も大好きだが、八月を鰻としたので気分を変えて江戸前の方をとった。

十一月には上海蟹《シャンハイ》という異国の巧味あり、芋は寒あけまで寝かした方が甘くなるようで、この二つは入れかえてもよい。

それで、三月は何だろう。さわら、かじきなどの西京漬、さより、やきす、貝類、ほうれん草や春菊、わらび、いずれもおいしいがどうももうひとつ迫力がない。何か忘れているようで気持ちがおちつかないけれど、ひとつあげるとすると、苺だろうか。苺も大粒のものはもう少しあとのような気がする。

こうしてみると、豆類が二つ（豆腐もいれると三つ）入っているのが私の場合の特長といえるだろうか。

「豆入り御飯をつくれ――」

と妻君に命じたら、電気釜に納豆をぶちこんだという話を友人からきいたが、その妻君はなにかで不機嫌で、ただ夫にさからいたくて仕方がなかったのかもしれない。

けれども、近頃の女どもは、総じて豆のようなものを無視する傾向にあるようである。肉、魚、生野菜、とひとつずつ角を曲がっていき、急行電車のように途中の小駅を通過してしまう。おふくろの味、というと、ひじき、おから、豆腐の味噌汁、なんかにかたよって、その近辺を無視してしまう。家庭の膳にのぼるおかず類にヴァリエーションが乏しくなってきた。

私どもの子供の頃は、見た眼のご馳走という感じは乏しかったけれど、そのかわり、何とも名称をつけがたいような皿がよく出てきたものだ。Aというおかずの煮方をBでする。AとBをごちゃまぜにしてみる。そうやってある時期までおかずの種類が増えてきたのであろうけれど、現今は増えるどころか逆に減少してきているようだ。

もっとも外国へ行くと、どこの国へ行ってもおかずのヴァリエーションに乏しい。料理店では、シェフが工夫してソースなど新味を出したりするが、それでも根本的には規範があって、なかなか変種を作ろうとしない。

ランチとディナーでは、喰べる物がちがう。ステーキは金持ちが喰う物。ではステーキを喰うためには、まず金持ちにならなければならない。日本人はいい意味で節操がないから、ステーキを喰いたくなったら、サラ金で銭を借りてステーキ屋に行ってしまう。

ロンドンで、ある家庭に招かれて行くと、昼間だったが、大きな皿にソーセージと目玉焼とフレンチフライドポテトが出た。招《よ》んでくれた娘が私にこういった。

「貴方《あなた》は気にいられたのよ。あれはママの最高のお客料理だもの」

ロンドンは中華料理店が多いが、普通の家庭ではよほどのことがないかぎり、中華料理など作らない。それは中華料理店に喰べに行くものなのだ。ロンドンじゃなくたって、どこの国へ行ってもそうである。

日本はそういう規範に拘泥しない。一つの家庭に万国の料理が入りこんでいる。いろんな国のいろんな料理をどんどん取りこんで、しかもそれをすべて日本風惣菜にしなおして喰っている。喰べ物に関する限り、まことに自由奔放だった。

その奔放な習慣は今うすれようとしている。一週間も品目を変えると、一巡して元の所に戻って、同じ惣菜がまた出てくる。

もっともこれは東京での話で、地方に行くとそれぞれの土地で事情が異なるかもしれない。関西の商家などは、依然として主婦がよく働いているような気がする。

サラリーマンの多い東京の亭主どもが外食が多いために、その外食に慣らされて、喰べ物というものを概念でしか考えないようになった。そのせいで、女どもも怠惰になっているのかもしれない。

さて、四月は筍の月。もっとも筍は晩春のもので、むろん五月にもかかっている。しかし私は筍好きだから、四月の声をきくと八百屋の店先に新筍が現われるのを、今か今かと待ち望んでいる。

これがまた、女どもが嫌な顔をする喰べ物で、カミさんなどは、あの皮を剝《は》いで煮る手間を嫌がる。喰いたかったら外で喰ってこい、という。そうかと思うと、季節はずれに、風味もなにもない出しがらのような茹で筍を買ってきて、

「さア、好物でしょ、たんとおあがり」

などという。

私は貧民だから、どこの土地の筍であろうと、掘り立てなら喜んで喰いまくるが、しかしやっぱり、大方の食通がおっしゃるとおり、京都の筍がよろしい。あの柔らかさ、あの歯ざわり、京都の街は今でも竹林が多いが、その一隅の長岡というところに〝錦水亭〟という筍を喰わせる料理屋がある。

以前、一人でふうわりふうわりグレていた時分、いくらか小遣いがあると晩春の京都によく出かけていった。〝錦水亭〟からほど近いところに、向日町《むこうまち》の競輪場があり、その日程に合わせていって、筍と競輪と、好物を二つやってくる。

関西の他の競輪場では負けたことがあるが、不思議にも向日町の競輪では負けたことがない。いつも旅の費用がラクに浮いてしまう。嵐山に青葉が満ち満ちて、その中にぽっと一株、八重の桜が咲き残っている。私は桜は大嫌いだが、全山緑の中のそういう一株はさすがに風情がある。

橋の上でしばらくぼんやりしていると、今でもはっきり憶《おぼ》えているけれど、下の流れの中を、千円札が一枚、くらげのようにたゆたいながらゆっくり流れていくのが見えた。あれはどういうわけか、上流の方はそんなに人が出盛るところでなし、不思議な気がしたが、またなんとなくそれが風来坊の私自身のように思えたりしたものだ。

筍の出はじめの頃は、春菊がおいしい、けれども冬野菜と夏野菜の変り目で、八百屋の店先がやや貧弱だが、ほどなく莢豌豆《さやえんどう》、グリーンピースの類が出廻ってくる。

私は豆だの芋だの南瓜《かぼちゃ》だのというあまり粋でない食物が好きで、こういうものは他になにか中心の喰べ物があって、脇役をつとめることが多いようだが、私は三度三度主食にしてもよろしい。

グリーンピース、これがどうもこたえられない。ただ塩茹でにしたのを皿に盛りあげておくだけでいい。出盛りの、少し固めのやつを口の中でプツプツと嚙みはじめるととめどがなくなる。

本当はいくらか固めの、シャンとした大粒のやつがいいのだけれど、缶詰の、舌の上でピシャッと潰《つぶ》れるほど柔らかいやつだって大歓迎である。チャーハン、ハヤシライス、チキンライスなどに点々と豆がそえられているのを見ると、なんだか、よかった、と思うし、この皿の御飯を喰べつくすまでのどのあたりで豆を口に入れようかな、と思ったりする。

〝駅馬車〟というジョン・フォード監督の古典西部劇は、私も戦争寸前の小学生の頃見たが、私にとってもっとも印象的な場面は、ジョン・ウェインでもインディアンの大襲撃でもなくて、一行が途中の移民小屋かなにかで午餐《ごさん》の饗応《きようおう》にあずかるところだった。

シチュー、焼肉、野菜の器と並んで、グリーンピースを柔らかく煮たものが見える。日本の鶯豆《うぐいすまめ》に外見は似ているが、多分甘くはない奴だろう。ジョン・ウェインが二杓子ほどその豆を皿にとり、大きなスプーンでシュルッとすくって口の中に入れる。彼は、右頰の中にその豆を溜めて、短いセリフを口走るのであるが、柔らかく温かいグリーンピースが頰の中に溜まっていると考えるだけで、生唾が湧いてきて困った。もう食糧が不足がちになりだした頃で、おそらくお腹がへっていたのだろう。

ポークビーンズという素朴な料理は、隠元豆に骨つきの豚バラ肉を入れ、ケチャップで煮上げたものだが、西部劇ではこれもよく出てくる。

カウボーイたちは、おそらく砂埃《すなぼこ》りでじゃりじゃりにちがいないその豆を、舌なめずりしながら喰べつくし、干し固めたようなパンを千切って、皿についた煮汁の一滴まであまさずパンで拭きとって喰ってしまう。

見ている限りは実にうまそうで、そのうえ、物を喰うという行為がどんなに根元的なものかを改めて知らされる厳粛な場面でもあり、いつも私は感動してしまう。

そのついでにストアに駈けつけて、ポークビーンズの缶詰を買ってきて（こいつは義理にもうまいとはいえないが）、ジョン・ウェイン流に片頰に含んでみたり、パンで皿をなすって喰べてみたりするのである。

アメリカ映画でアメリカ人が物を喰っている場面で、うらやましいような喰い物が出てきたためしはないが、このポークビーンズは唯一の例外であろう。これも私が豆好きだからであろうか。

そういえば、先年亡くなった桂文楽という落語家の演じる〝馬のす〟という短い話がある。職人が友だちの無知につけこんで、友だちの夕餉《ゆうげ》の膳をそっくり頂戴してしまう。鰯《いわし》の塩焼と枝豆で、貴重な晩酌の酒を呑んじまうのであるが、鰯もさりながら、枝豆の喰べようなんてものは絶品で、あんなにうまそうに枝豆を喰べる人を他に知らない。

文楽は不思議に高座でよく豆を喰う場面を演じる人で、〝明烏《あけがらす》〟では女郎買いの朝、小《こ》納戸《なんど》の甘納豆をみつけて「朝の甘味はオツでげす」などいいながらつまみ喰いをする男が出てくるし、〝厄払い〟という話では、与太郎が、おひねりの中の大豆《だいず》の炒《い》ったやつをやはりつまみ喰いしだして手がとまらなくなる。半分生炒りの豆がまじっていて文句をいったりするあたりがおかしい。

桂文楽はどんな喰べ物でも見事に喰べ演じてみせる落語家だったけれど、それにしてもあの人も豆好きだったのではないかと思いたくなる。

さて、しかし、グリーンピースの白眉は、なんといっても炊きこみ御飯である。猫にまたたびというけれども、私はこいつを見ると舌を出して息をはずますほどだ。

「今日はお豆御飯ですよ――」

このひと言は千鈞《せんきん》の重みがある。今、一緒に暮している女が言語道断な豆嫌いで、蜜豆を赤豌豆だけつまみ出して捨てながら喰べるという女。したがってたまに作ってくれる豆御飯は彼女の犠牲的精神からなのである。

ダシ代りの白子《しらす》もいらない。色づけの醤油も不用。塩をパラパラッといれてちょっと固めに飯を炊くだけでいい。あんなに美しい、美味なものを嫌いとはなんという罰《ばち》あたりであるか。

四月に筍御飯を飽食し、五月に豆御飯を喰いまくり、それから豆の王者、そら豆。夏がくると枝豆と、私の楽しみはつきないのであるが、なんたる不運か、私の女は豆のみならず、御飯に何か混ぜるものはすべて嫌いときている。

獅子文六氏の随筆に、そら豆狂いともいうべき人が出てくる。その人は瀬戸内海の沿岸だか島だかに住んでいて、そら豆の最良種というのをたくさん蒔《ま》いて丹精に育てるらしい。そうして走りのときから最後の収穫まで、毎日毎日そら豆を喰べ続けて悦に入っているという。

なんというらやましい人であろう。

食通とはいわない。およそ喰べ物中毒になると、窮極的には原材料の育成まで手を出さなければ気がすまなくなるらしい。北大路魯山人は、全能力をあげて自分流の理想的な蜜《み》柑《かん》を実らせるために伊豆に山を買ったというし、その他にも米を作る人あり、鶏を、味噌を、菜を、手作りにする人の話はときおりきく。

しかし、そら豆に凝るというのは、その中でも実に滋味掬《きく》すべき味わいがある。

そら豆が豆の王者というのはまことにそのとおりで、あれほど完璧な喰べ物というものも珍しい。私は、森羅万象、この世は人間のためにあると思う考え方が嫌いで、いっさいの喰べ物に関して、それを喰う権利などまったくないのだと思う。ただ必要に迫られて結局喰ってしまうけれど。

盛り場を夜明け頃に歩いていると、どこの店からも山のように残飯や腐りかかった肉片などが大きな器にいれられて捨てられている。ひもじい人がおいしく喰べるのならまだしも、商売のために無益無残に生き物を消費してケロリと捨てているのが、考え方としては殺人などよりずっと残酷な風景に思える。

動物映画などで、馬や犬に対して、お前は人間の忠実な友だちなんだよ、さア走れ、さア働け、など子役にいわせる、あの思いあがった考えも実に苦々しい。

他人のことばかりではない、私のように一日じゅう喰うことばかり考えている男など、いつかはひどい罰が与えられると思う。

そうは思うけれど、そら豆と海老に関する限り、その形といい、味といい、当然喰べられるために生まれてきたとしか思いようがない。

私は若い頃から台所に居ることが好きで、だからよく知っているが、五月は夏野菜の出盛る月で、人参でも玉葱でも、新のキャベツでも、みんな生まれかわったように艶々として現われてくる。

野菜だって若い頃というものは、本当に生命力の満ちあふれた充実感があって、むげに包丁など当てにくい。ため息をつきながら眺めやったあげく、気をとりなおしてプツッと包丁を当てると、大仰《おおぎょう》でなく、掌の中の生命を潰してしまったような後味が残る。

聖書に記してあるように、神が人間のためにくださった物だとはどうしても思えない。喰べるということは、根本的には不道義なことであり、だからこそ何にもかえがたいほどうしろめたい楽しみがともなう。

大喰いでなければ

私の父親は満で九十六歳まで生きたけれども、八十のなかばくらいまでは、朝昼晩、一日三回、ドンブリに二杯ずつ、きっちりと米の飯を喰べた。壮年の頃は大ぶりの飯茶碗で三杯か三杯半くらいが定量であったが、戦争中の食糧不足の折りにドンブリの盛り切り飯の習慣がついて、以後ドンブリ単位になったらしい。

昔、軍艦に乗り組んでいたので、出された定量をちゃんと喰うしつけが身についており、当人も自慢気であった。

「俺の腹は機械と同じだ。いつ、どんなときでも、定まった分量はちゃんと入る」

そういう威張り方をした。

八十何歳かになって、その定量が維持できなくなったとき、彼はとても気持ちを滅入《めい》らせて、

「俺も食欲がなくなった。もう駄目だ――」

そう言い暮したが、けれども、ドンブリ二杯は喰べられなくとも、ドンブリてんこ盛りで一杯ずつ、一日三回、それに夜食に紅茶とトーストぐらいは、死ぬ前年までずっと喰べつづけていたのである。

そのかわり副食物はほとんど喰べない。味噌汁とお新香、それだけでもういいといって、他の皿にはほんの形しか手をつけない。

バナナをはじめて喰べたときは感動した、というようなことをいう。明治十八年生まれだから、トマトやセロリはやや苦手のようだった。西洋野菜というものをエキゾティックなものを眺める眼で見ていたのであろう。

酒を呑まないし、世間と交際しないから、外で散財をしない。晩年に一緒に寿司屋に入ったとき、ツケ台で好みのものを握って貰って喰うのははじめてだ、一度こういうことをしてみたかった、といった。

したがって、ほとんど、米飯一途といってよい。大喰いだが、長身で、鶴のように痩《や》せている。酉年《とり》だったが、

「鳥をごらん。余計なものを身体に溜めておかない。あれを見習うといい」

といって、日に三度、食事が終るとすぐにトイレに行った。当人は健康のための教訓を垂れているつもりだったが、要するに、腸の機能がよくなかったのだと思う。吸収力が万

全でなくて、喰べたものが素通りの傾向で出て行ってしまったのだろう。喰べすぎの時代には、それが好条件になって脂肪がたまらない。

翻《ひるがえ》って、というほど話がひるがえるわけではないが、私の母親は現在八十近いが、肥満型である。特に中年からどんどん肥ってきた。それほど大喰いでもなく、当人も極力喰べないようにしているらしいが、水を呑んでも肥るというタイプである。母親の姉弟たちも、概して肥満タイプで、縦より横幅の方がありそうな姉も居た。この姉は、ぼた餅とうどんが好きで、ついでに酒もよく呑んだが、先年、八十幾つかで亡くなっている。別の姉は昨年、心臓発作で急死したが、これも八十にならんとするところだった。母方の縁辺で七十五以下で亡くなった人は居ない。

肥満が心臓に負担をかけていたことはたしかだが、しかし八十まで生きれば、すくなくとも夭折《ようせつ》という感じではない。肥満しておらず、心臓に負担がかからずとも、八十まで生きられるかどうかわからない。

古今亭志ん生のマクラに、摂生して自動車事故で死ぬ人と、不摂生しながら生き残る人とでは、やっぱり事故で亡くなる人の方が、不摂生だ、という小咄があるが、なんだか理屈には合わないけれども、そういう実感がしないでもない。人生は理屈でもパーセントでもない。たしかに肥満は成人病の巣であろうが、だから短命だとは限らない。

私は肥満している。恥をしのんで、というより、開き直ってヤケになっているのである。私は母方の体質を濃く受けて、胃腸の機能が、残念ながらよいらしい。喰べたものの養分をおおむね吸収してしまう。肥満の理由の一は、持病の神経病のせいでもあるらしいけれども、まア過食のせいでもあることはまちがいない。

先日もある酒場で、星新一さんに、

「この腹は、意志薄弱である以外の何物でもないね」

と嗤《わら》われた。自分でもそうだと思う。

「少し、なんとかしたらどうですか」

といろんな人によくいわれる。

五、六年前に、大手術が二度つづいて、半年ほど入院していたことがある。東大系の私立病院から東大病院に移されて、そこでも一、二を争う重症だったのであるから、気持ちよく死線を彷徨《ほうこう》したことになるが、その半年間のほとんどを点滴だけですごし、口からはほとんど何も喰べられなかった。夜なかに病院の地下室の通用口から這《は》うように脱走して、ガウン姿でラーメン屋に行ったりしたが、ソバを二、三本、押しこむように口の中に入れると、もうそれで意地にも喰べられなかった。

それで、なんとか退院するとき、二十キロ痩せて、六十五キロになって出てきた。退院間際に、雑誌の対談などで写した写真を見ると、我ながらスッキリしている。

「——今の体重が限度ですからね。これからもう一キロも増やさないようにしてください」

と主治医にいわれたし、私も心からその方針を守るつもりでいたのだが、点滴だけで何も喰べないでいたところに、退院して家に戻れば、とにかく何か喰べるから、その体重を維持しろというのは無理難題に近い。

それでも、私としてはずいぶん骨を折ったつもりで、当時、飯を口の中にほおばったことなど一度もなかった。米の飯というものは、三粒か四粒ずつ、口の中にそっと入れるものだという実感が定着しかかった。一キロずつ、徐々に増えたが、そのテンポはゆるい。せめて七十キロを超えないようにしよう、とずいぶん長く思っていた。

七十キロを超えたとき、私は少し考えを変えた。変えたというより、そう考えざるをえなかったという方が正確だろうか。

なるほど、たしかに出っ腹はみっともない。食欲を制御できない証拠をぶらさげているようなものだ。

しかし、私は今まで、無数にみっともないことや、破戒なことをくりかえしてきていて、しかもそれを特に改めようともしていない。自慢ではないが、そのことは皆がよく知っているし、私もおおむねは隠す気もない。私が記すものなどは、自分の恥部を売っているような類のことだ。

豈《あに》、出腹のみならんや。出腹だけを、どうして隠そうとするのであろうか。もし改める気ならば、出腹などよりはもっとずっと切実に改革しなければならないことが多すぎるのではないか。

私は母親の体質を受けついで、水を呑んでも肥るようにできている。私の胃は、下垂傾向の日本人の中では抜群に威勢がよくて、胃袋の尻っ尾がぴんと上にハネあがっている、と主治医がいった。そのうえ、父親の大喰い体質も受けついでいるから、痩せろというのは、死ねというに近い。

早死を防止するために痩せるのに、痩せようとして死に瀕《ひん》するのではなんにもならない。そう思ったら、迷いが晴れた。実に伸び伸びとして、生きている実感がみなぎった。

それ以来、食事制限、カロリー制限の類はいっさいしない。おかげで五、六年たって、体重がまた八十キロをオーバーして、主治医の前には現われないようにしているけれども、本人はあまり気にしていない。制限をする意志がもともと乏しいのだから、私の出腹は意志薄弱のせいとはいえない。

もっとも飽食しているわけでもないのである。若い頃はいくらでも喰えて、食事の梯子《はしご》など朝飯前であったが、病気以後は胃が自然に収縮して、以前にくらべれば雀《すずめ》の涙ほどしか喰えなくなった。朝夕二回、夜半に二回、昼三回喰べれば夜半はせいぜい一回になる。私は病気のせいで、ときどき一、二時間仮眠する以外は二十四時間のべたらに起きているから、夜中だからといって喰べないわけにはいかない。しかし量は本当にすくない。小さい茶碗に二杯か。デザートにお茶漬を一杯。酒を呑んでしまえば、ほとんど喰わない。

退院前後は仕事にすぐ戻れないので、徹夜で遊んでばかり居た。退院の日も、畑正憲さんたちがお祝いを兼ねて、家で待ちかまえていて、丸二日、麻雀をした。トイレに行くために立とうとしても、卓に両手を突いてふんばらなければ、足が立たない。

そういう思いをして麻雀をする理由は毫《ごう》もないけれど、どうであれ、いったんやろうと思いたつと、がんばる癖がある。私はさほど意志薄弱ではないのである。

その頃だったが、ある夕方、古い友人が現われて、新宿あたりに呑みに出ようか、ということになった。カミサンが留守だったかして、我が家では支度ができない。

その友人は武田麟太郎氏の長男で、お父上の体質を受けついで無類の酒呑みだが、小柄で、そのうえ神経質で、あまり大喰いの傾向はありそうに見えない。

ちょうど時分どきだったが、飯より酒だろうと思って、いきなり、お互いに旧知のママのやっている店に行った。まだ外がうす明るい頃だから、他に客がいない。

ママと、店の女の子が、客がつめかける前の軽い食事をしていた。

「俺もちょっと、その飯、欲しいな」

と友人がいう。

「いいわよ、何もないけど、内輪の食事でよかったら、どうぞ」

私はことわった。酒の前に何か喰うのはうまくない。実をいうと、カミさんが出かける前に支度をしていって、友人が現われる寸前に食事をすませていたのである。

友人は意外にうまそうに喰っている。がんもどきの煮付と、大根おろしと、甘塩らしい鱈子《たらこ》に味噌汁。

私は黙ってそれを眺めていた。そのうち、ふっと、俺も喰べてみようか、という気になった。

「飯、うまいかね」

「ああ、これ、うまく炊けてる」

私もドンブリに軽くよそって貰って、喰った。腹は一杯だが、腹が一杯のところに飯を詰めこむという感じが久しぶりで、新鮮に思える。

私は喰っている最中に、友人が、お代り、といってドンブリを差しだした。

私は首をあげた。小柄な友人が、お代り、というとは思わなかった。なにくそ、という気がした。

私もいそいでかっこんで、お代り、といった。

「貴方、すませてきたから軽く、といったじゃないの」

「だけど、喰べだしたら腹が減ってきたんだ」

友人は黙っていたが、たしかに、何かはずみがついたというか、気合がこもりだしたというか、そのあたりの空気が濃くなったような感じがした。

私はまだ半分も喰べないうちに、

「お代り——」

と友人がいった。この友人にこんなところがあるとは思わなかった。もうおかずはほとんど残っていない。お茶漬でいいんだ、と友人がいっている。

私は残りの飯をほとんど嚙まずに喰った。ここで退いてはいられない。しかし、意地を張って、というとわかりやすいかもしれないが、それとはちがうのである。なんというか、しばらく抑えていた血がかきたてられた、というか、

「お代り——」

と私も弾《はず》む声でいった。そうして私たちは、彼女たちの炊いた飯を、カラにして喰べつくしてしまった。

喰べ終ってみると、さすがに苦しい。お互いに、五十の声をきこうという年齢である。天下の愚行をしたようでもあり、それよりも、苦しくて、酒を呑むどころではない。

それで一杯の酒も呑まずにその店を辞して、お互い黙りこくって話も交さず、どこかの辻で別れて家に帰ってきてしまった。

しかし、ああいう思い出は独特の味わいがある。スマートな人には、とてもあの不思議な充足感は味わえまい。

その頃、私はすでにスマートになる望みを捨てていたけれど、暴食は慎んでいた。けれどもその経験で、その気になれば暴食もできるという自信をとり戻した。十年ほど前は、朝の五時頃に、二十四時間営業の近くのスーパーに走って肉を買ってきて、朝食前のいっときをもたすためにステーキなど焼いて喰っていたのである。

ある夜、思いたって、それをやってみた。ステーキを作って喰ったが、年齢のせいか、さすがに腹にもたれて、半分ほどでうまくなくなった。一策を案じて、ステーキを脇に押しやり、冷飯に茶をかけて喰ってみた。これはスイスイ二膳喰えた。

つくづく、親父《おやじ》に似てきたな、と思う。父親ほど規則正しくはいかないけれど、米の飯なら、いつでも相当量が入るのである。

青山に仕事部屋を持っていた頃、いろいろな知人が現われて泊っていく。その中の一人に、古いコメディアンで鈴木桂介さんという老人が居た。仙台で、カミさんも息子たちも立派に仕事を持っていて楽隠居の身分なのだが、俳優さんというものは、若い頃に勝手なことをして素行がおさまらない人が多かったから、おおむね家族に尊敬されていない。そのうえ、仙台では昔の芝居の話をする相手も居ないから、つい東京に出奔してきてしまう。それで旧知の藤原釜足さんの家とか、私の仕事部屋などに居候している。

もう七十で、糖尿病だし、肝臓も心臓もドクターストップがかかっており、たびたび入院しているのだが、ウイスキー一本ぐらい朝までに軽くあけてしまう。毎日である。酔って、明け方、突然タップダンスを踊りだしたり、元気で、破戒を怖がらない老人であるが、大食だけはしない。

もともと、エノケンより一回り小さいというので売出したコメディアンだから、実に小さい。

自分はほとんど喰べないけれど、私の仕事部屋に居るときは、昼間、私が仕事をしていると、何かちょこちょこと喰べるものを作ってくれたりする。

ある日、散歩の帰りに、彼が玉葱《たまねぎ》を一つ買ってきた。

「八百屋の前を通ったら、玉葱がうまそうだったんでね。よし、今夜はひとつ、玉葱を喰ってやろうと思って――」

それでその一個の玉葱をうすくきざんで、フライパンで炒めて、皿に盛って喰った。彼の夕食はそれだけ。

ところがそれが、なんともヴィヴィッドで、かわいくて、貴重なものに見えて、生唾がわくほどうまそうにみえた。ああ、こういう食事というものもあるのか、と思った。

それ以来、小食の人の食事というものに、なんだか憧れている。

花の大阪空腹記

東京駅の八重洲口構内の一隅に、木製の大きな銀色の匙《さじ》とフォークが天井からぶらさがっているところがあって、なぜ匙とフォークなのか因縁は知らないけれども、すぎやまこういちさんと年に一、二度、関西に遊びに行くときはいつもここで待ち合わせる。多分、お互いにここがふさわしいと思っているのだろう。

すぎやまこういちさんは本筋はコリッとしたところのある人だが、日常的にはまことに洒脱で、とても気持ちのよい遊び方をする。なにしろ関心の幅の広い人で、アマチュアカメラなんとかの会長だの、日本バックギャモン協会の会長だの、満漢全席を喰べる会の会長だの、四方八方で活躍している。

本職は作曲家だから、すぎやまさんの家に遊びに行くと、N響のコンサートマスターが居たりするけれども、私がクラシック音痴、すぎやまさんがジャズ嫌い、ときているから、あまり音楽の話をしない。文学の話もほとんど出ない。けれども会えば、話のタネが多すぎて飽きることがない。

仕事に無関係な友人というものは、年齢を喰ってくるとなかなかできにくいもので、これほどいいものはない。だからすぎやまさんと会うと、お互いに両手をもんで、さアこれから遊ぼう、という感じになる。

彼も猛烈な喰いしんぼうであるが、人の顔をみて、いきなり、何を喰いましょうか、なんてことはいわない。

やあ、やあ、といって、それじゃア乗りましょうか、とさりげなくホームに行く。

腹は北山だが、私もガツガツするのはよそうと思う。

駅弁のスタンドを横眼でツーと通りすぎて、そのかわり列車食堂のところで匂いをかぐように近寄る。

すぎやまさんの意見によると、新幹線の食堂では都ホテルのものが一番。二番が帝国ホテルなのだそうだ。当列車は帝国ホテル。

席におちついて、発車してからも、お互いにそわそわしない。

おもむろに煙草を吸い、週刊誌をパラパラめくる。

「——ちょっと寝ておこうかな」

「アレ、今、少し眠っていたじゃないですか」

静岡に近づいた頃、もうそろそろ口にしてもいいかな、と思って、

「それじゃ、ちょっと行ってみますか」

「あ、そうですね、ふらりとね」

どうせ大阪で何か喰べるし、大阪で喰べた方がうまいにきまっているから、こんなところで空腹をしのぐことはさらさらない。私一人なら多分席を動かないだろう。またすぎやまさん一人だってそうするだろう。数時間の空腹くらい、その先の喰べる楽しみのことを思えばなんでもないはずなのだが、二人旅となると、そうはいかないのである。ここのところが友人との二人旅の面白いところで、なんだかお互いにはずみたって、ふだんとちがうペースになってしまう。

「――軽く、しときましょうね」

「ええ、軽く、ね」

食堂車でメニューを見て、メニューといってもごく簡単なものしかないが、私はビールとハンバーグを一皿とった。御飯抜き。私はどちらかというと、ビールをやめても御飯の皿をとりたい方だが、そこが二人旅なのである。

すぎやまさんは、簡単なメニューを穴のあくほど眺めていて、ムッとしたような顔つきになっている。

しばらくして、ええい、と彼が叫んだ。

「もう、喰う——」

「ははア——」

「喰います、私」

彼はビーフストロガノフをとった。当然ながら皿に御飯がついており、またたくうちに一粒も残さず喰ってしまった。

こういうところがやはり二人旅の心境なのである。こんなところで喰べては駄目で、それでも走りこんでしまった以上はサラダかチーズぐらいで軽くしのいでおくのがいいと百も承知で、やっぱりしっかり喰べざるをえない。実にどうも、すぎやまさんに頬ずりしたくなってしまう。

それでネオンのともりはじめた大阪に着いて、結局なにも喰べられなかった。

すぎやまさんの欠点はただ二つ、お酒を呑まないことと、喰いしんぼうのわりには小食ということである。もっとも、逆にいえば、小食なのに喰いしんぼうということが、それだけでもう凄いことなのであるが。

新幹線で四時頃喰べて、私の方はまたひと眠りするとともにすっかり食欲を回復したが、すぎやまさんは、なんだか冴えない顔つきで、さア何を食べましょうか、といっても、

「どうもねえ、まだねえ――」

繁華街を歩いていてもどの店にもあまり気をひかれないらしい。

「――太巻なら、ちょっとつまんでもいいな。でなけりゃ、かやく御飯のおこげのところを、ちょっぴり――」

すぎやまさんは私を配慮してこういっているので、こんなときは太巻すら喰べたくないのだと思う。そこで私もいさぎよくあきらめた。

それでその夜は友人と一緒のときも、別行動になってからも、ずっとお酒で、何か喰べる隙が寸刻もなかった。そうなってしまえば、それはそれで、私はいいのだけれど、お酒を呑まないすぎやまさんはよくがんばったと思う。彼はホテルに帰って深夜のルームサービスを利用し、鮭茶漬をとったが、これが相当にひどい代物だったそうな。

「御飯の上に鮭の干物みたいな切れ端がのっていて、土瓶がある。これ、お茶じゃなくて、だし汁。鮭茶漬というものはですよ、どのくらい昔からあったかしらないが、苦い煎茶か、せいぜい番茶であるべきです。だしを使うのは、平目《ひらめ》とか鮪《まぐろ》とかがネタの場合で、しかも、ぬるい。それで千二百円。私、憤慨しました」

「まアまア、人が寝ているときに喰べようてえんですから」

私はひと晩で帰るつもりだったが、もう一日居ることにした。関西に来て何も喰べないで帰るというわけにはいかない。すぎやまさんは別用もあって三泊の予定でいる。今日こそ何か喰べよう。前夜のように悲惨な一夜をすごしたくない。なにしろ腹が減っていて、ベッドの上に寝ていても、少しも身体が沈まずに、ベッドにはね返されている感じがする。

けれども二日酔いで何をする気もおきない。食堂に行くのだってホテルではちゃんと着替えていかなくてはならないから辛《つら》い。すぎやまさんの方は二日酔いをしないし、いんちき鮭茶漬であろうと腹に詰めているから元気がよろしい。大阪城で花を眺めて、ついでに写真をとってきた由《よし》。

午後三時頃、空腹と二日酔いでふらつく足を踏みしめながら、ロビーまでおりていくと、ちょうど大阪城だか動物園だかから帰ってきたすぎやまさんと鉢合せをしそうになった。

「ああ、な、何か、喰べましたか」

「いいえ、もしまだならご一緒しようと思って」

「じゃ、じゃア、喰べますか。さあて、何を喰べましょう」

「大阪だから、肉ですかな」

「あんまり遠くはよしましょう。身体が衰弱してるから」

「それではこのホテルの中で探しますか」

「いや、それはあんまりイージーだな。ただ泊ってるからという理由で――」

「しかし、今、遠くは嫌だと」

「遠くも嫌だが近くも嫌だ」

「むずかしいね、こりゃ」

私たちが泊ったのが新開店したホテル日航だから、出るとすぐにミナミの盛り場である。数日前、東京で偶会した三田純市さんが、原稿が一段落したので女房を連れて〝ぼんち〟のヘレカツを喰いに行きました、といっていたのを思い出して、道頓堀の入口の〝ぼんち〟に行ったが、昼と夜との営業時間のはざまで、お休み。すぎやまさんの発案で行った畳屋町のしゃぶしゃぶ屋は夜だけ営業。ではというので、大和屋の前のおつな小鉢など喰わせる〝㐂川〟これも中休み。何軒歩いても私たちの目指す店は、三時半という時間ではやってない。

喫茶店に入ればサンドイッチぐらいある。焼肉も軽食も開いている。しかしここにいたってどこでもいいというわけにもいかない。

私たちは当てどもなく歩きながら、

「仕方がない、夜に、ちゃんとしたものを喰うとして」

「暗くなるまで待って、か、そんな映画がありましたね」

「つなぎで、うどんでも軽く入れますか」

「おや、なんだか昨日と似てきましたね」

大阪名物けつねうどん、せめてそのおいしい店にあたろうとして、うろついていると、すぎやまさんが立ち止まって一軒の小さな洋食屋をにらんでいる。大阪風に布のれんを張った下町洋食風の店で、〝ニュー徳兵衛〟と書いてある。

「ね、ハヤシライス――」

「ははア」

私たちは、ハヤシライスの堕落を惜しんで、二人だけでハヤシライスを喰う会を作り、彼が会長、私が副会長に就任している。

よし、といって店のカウンターに腰をかけた。

「ハヤシライス二つ」

「その前にスープを二つ。急に腹に入れて死んだりするといけないから。――おや、それから、ミンチカツってのを一つ」

「僕にも――」

大フライパンで肉と玉葱《たまねぎ》を炒め、ブラウンソースをそそぎこみ、トマトピューレをしゃっしゃっ、手早くかき廻して飯にかけ、ハイライ二丁あがりッ。それに掌より大きく伸ばして揚げたミンチカツに肉汁をそそいでジャーッと泡立てた奴。いかにも大阪洋食らしい。満腹した。というより、急に食物が入って何がなんだかわからなくなった。ところがその夜、暗くなっても、すぎやまさんがまだ食欲を催さない。

「そうですねえ、おいしいケーキぐらいなら——」

なんてことをいっている。そのうちに友人たちが現われて、酒になり、遊びになり、前日とそっくりそのまま時がたった。

さすがに私は十二時近くなって、ちょっと失礼、と外に飛び出した。皆の居るところでも、サンドイッチやオムライス程度なら喰べられないわけでもないようだったが、大阪へ来て、ハヤシライスだけでは帰るに帰れない。その辺に知った店とてなかったけれど、〝栄ずし〟という小体《こてい》な店に思いきって飛びこんだ。

というのは日本橋の黒門市場の中に、〝黒門栄ずし〟という店があり、鮨ばかりでなく季節の海の幸が抜群に上等で、この店の分れではあるまいかとおもったからだ。

握って出された鮨を見て、その思いが濃くなった。訊いてみると、やはりそうで、黒門の先代が魚屋さん、そこで最初から鮨を担当していた職人が自立したのだという。

「大阪には栄ずしを名乗る店が四十軒くらいありまっさかい、ほとんどが別系です。黒門さんの分れはうちぐらいで――」

はじめて、ちゃんとした物が口に入った。鯛、赤貝、平目《ひらめ》、穴子《あなご》、鳥貝、皆よろしい。なかんずく山城産の筍の鮨がうまい。

すぎやまさんが昨夜、太巻、といっていたのを思い出し、太巻と雀鮨を包んで貰った。その鮨はホテルに明け方近く帰って、二人でまた賞味した。

「ああ、これで心おきなく東京に帰れます。僕はひと眠りして、声をかけずに帰りますから」

「アマチュアカメラの会がありましてね。午後三時から。私はそれをすませていきますので、それじゃ又、東京ででもお会いしましょう」

前日とちがって、満ち足りた思いで眠りについた。それはいいけれども、正午前、チェックアウトを一人ですませたとたんに、虫が起きたのである。

もう一回、大阪で喰おう。あれだけ空腹でなやんだのだから、いいだろう。今日は昼でどこもやっている時間だ。〝ぼんち〟のヘレカツか、〝はり重〟のすき焼か、それともさっぱりと〝今井〟の豆御飯か、〝一芳亭〟のシュウマイか。手近なところでも、どこだってやってる。

私は分裂症であろうか。そう思ったとたんに、ホテルの中の食堂案内板のようなものが眼に入った。

〝弁慶〟という和食の店が三階に店を出しており、昼も懐石風の献立を出しているらしい。私はこういう贅沢なものに対する執着はあまりないのだけれど、このときはどういうわけか、ちょっとおさまりかえってみたくなった。〝ぼんち〟も〝今井〟も捨てた。

三階の卓について、早速、大関の熱燗《あつかん》をチビチビやった。新しいホテルだから店内も明るいし、店の女性も親切で感じがよい。頼むと、献立を書いてきてくれる。

前菜　千代口三種

（浅蜊《あさり》時雨《しぐれ》煮　わらび胡麻酢和《あ》え　数の子桜和え）

造り　鰹たたき　鯛　烏賊《いか》

吸物　若布《わかめ》　摺り流し　海老葛打

焚合　飯蛸《いいだこ》　吉原うど　ふき

焼物　筍山椒焼　豆腐田楽　一寸豆　薑椒《はじかみ》

合肴　もろこ甘露煮

変鉢　さざえ壺焼

酢物　シャコ　菜種《なたね》

止　菜種ひたし

白御飯　赤出し　香の物
果物　苺《いちご》

私の概念にある懐石というものよりは、いくらか味も濃くて、量も多い。多分、ホテルの客層に合わせてデフォルメがなされているのだろう。それはまあそれで結構だが、日本酒が相当に濃厚で、皿の物がやはり濃厚、こちらは明け方に鮨を喰ったばかりだし、昼の食事としてはちょっとこたえるな、と思ったとたんに、歯が痛み出してきた。

前菜の浅蜊を嚙みしめたとたんに虫歯の穴に入って、そのときは軽い痛みでとまるかと思ったのだが、疲労と酒とが拍車をかけたのだろう。

吸物の海老がコリッと歯にぶつかり、飛びあがるほどの痛みで、それからはもう嚙むどころではなくなり、ほとんど鵜《う》呑《の》みになった。次は柔らかいものであれかし、と祈る。

途中で放棄して出てくるわけにもいかない。残すのも悪い。もう味も何もない、筍は悪戦苦闘。シャコはなんとか鵜呑みにしたが、さざえにはまいった。その店を出てタクシーで新大阪に行き、新幹線に乗るまで、さざえを口の中で、歯に当らぬように、そっとしゃぶっていた。

紙のようなカレーの夢

肝臓　赤信号。
血圧　赤信号。
中性脂肪　赤信号。
コレステロール　赤信号。
いいのは胃腸だけ。

医者がそういった。まことにごもっともである。本人が誰よりも深く頷《うなず》いている。

大通りを車で走っていると、運のわるい日は、はるか遠くまで赤信号がズラリと並んでいて動きのとれないときがあるが、ちょうどあれであって、そういうときは横丁に走りこんでもかえって車で渋滞していて、スイスイとは行きにくい。

しからばどうするか。

答は定まっている。そういうときは車に乗らなければよろしい。用事を作ったりなどして外出しなければよい。家にとじこもって寝ているに限る。

「――ですから、痩せなければいけません。痩せるにはどうすればよいか、おわかりでしょう」

「わかります。よござんす。このさい食事は全廃しましょう」

「全廃というと――？」

「禁煙でもね、一本ぐらいと思って吸うのがよくない。思いきって食事はやめて点滴にします。なアに、食事ぐらい――」

「まア、そうヤケにならず。バランスよく過食しなければいいんですから」

「しかし私はほおばらなければ喰った気がしないんです」

「それは単なる癖ですよ」

「癖です。くだらん癖ですが、三粒や四粒、飯を口の中に入れるくらいなら、絶食をして――」

「ほおばって充分に召しあがって結構ですから、これだけは守ってください。油物と塩分は極力避けてください。痩せるにはむしろこの方が効果的です。もちろん甘い物はいけません。それから主食類、含水炭素の類も、うんと少量に」

「そうすると、何が残りますか」

「豆腐なんかいいですね。植物性蛋白はいいです」

「ははア、冷奴《ひややっこ》をほおばれとおっしゃる」

「ええ、ただ、冷奴ならなるべく醬油をつけないで喰べてください」

「なるほど。納豆も醬油をつけちゃいけませんか」

「納豆はそのまま喰べるとおいしいですよ」

「そうかしら」

「よく嚙むんです。嚙むと味が出てくる」

「あとは生野菜でしょう」

「これはいくら喰べてもけっこうです。ただ、マヨネーズとかフレンチソースとかは油が多いから、使わない方がいいですが」

もちろん、医者は悪気でいっているのではない。信ずるところの医学にのっとって所信をのべているのである。しかし、長い眼で見ると、必ずしも一貫しているとは限らない。医学の進歩だか改変だかに応じて、ときに定説が逆になることがある。

私の父親の若い頃、つまり明治大正の頃は老いたらば卵で栄養をとるべし、といわれていたらしい。ところがいよいよ年をとって卵を喰おうとすると、卵はコレステロールがたまるから老人は食してはいかん、といわれた。それでは明治大正の老人はコレステロールで暴死したかというと、そうでもないようなのが不思議である。糖尿病の食事規制も内容がずいぶん変ったが、近頃はなんでもどんどん喰べた方がよいという説が現われるに至った。

海老というものはコレステロールの塊と心得ていたが、最近の説はちがうらしい。海老にはコレステロールがすくないどころか、体内のコレステロールを駆逐する働きさえするという。

こうなると、近い将来、痩せようと思ったらなんでも過食すべし、ということになるかもしれない。そうなったときに悔やまないようにしたいが、定説が必ず逆転するという保証もないから、これはばくちのようなものである。

とつおいつ考えてみるに、医者の定説をくつがえすような妙案を自分で創設しない以上、医者のご命令に従うよりほかない。ひるがえって、痩せたくないかというと、やはり痩せたいのであるから、すねた物言いをすることはまったくないのである。

もう一度昔のような軽々とした自分に戻りたい。痩せるのはいいが、あまりに規則正しく痩せるのはどうも嫌だから、ときにハメをはずしながら結局は痩せていこう。どうも人間というものは、簡単な決意をするにも手続きが面倒くさくていけない。

三週間ほど前から、食事制限を励行しはじめた。やってみると、存外に面白くないこともない。特に人前で、おっちょこちょいだから、意志が強いというところを見せたい。するとその気分が持ち越して、一人になっても何か派手に喰ってやろうという気持ちが湧かない。

昨日の食事。

朝食　豆かん（浅草〝梅むら〟のもの）
昼食　稲荷鮨《いなりずし》二個、五目おにぎり一個
夕食　そら豆、ポテトサラダ、生野菜
夜食　リンゴのすったもの、レモン

往年はこんなもの、ただの間食のかけらであった。まったく、かつては貴族の生活だった。

夕食のそら豆というのが、ことさらわびしい。そら豆は私の大好物であるが、これが主食ということになると感じがかわってくる。これは大皿いっぱいに盛ってあって、片っ端からムシャムシャとむさぼり喰べていくという恰好ではあったのだが、全部たいらげないうちに腹が一応くちくなってしまった。

ついでに記すと、この前夜の夕食も、固形物としては、豆かん一個である。ちなみに豆かんとは、寒天に赤豌豆《あかえんどう》を混ぜて黒蜜を少したらしたもの。やはり大好物ではあるが、主食というにほど遠い。たまたま編集者を誘って相撲見物に行き、昼間からちょっぴり酒を呑み、ついでにお茶屋が運んできた弁当まで喰べてしまったので、抑制が働いたのである。なにしろ相撲場のあのドまずいことで定評のある弁当を、折《おり》についた米粒をはがすようにして喰べつくしてしまったのだから。

いつもならば相撲場の帰りは、下町のうまい店をあさりにさまよい歩くのであるが、今回はおとなしく、浅草猿之助横丁の〝かいば屋〟一軒のみ。

糖尿病の大先輩の殿山泰司さんが珍しくビールを呑んでいる。アメリカのビールで軽いのだそうだ。

「殿山さん、お仲間お仲間。ぼくもドクターストップですよ」

「なんだか嬉しそうですね、ドクターストップが」

殿山さんは過ぐる年から禁酒して、そうしてヒマさえあれば酒場に居る。ジンジャエールかお茶で、酔っぱらいと一緒になって騒いでいるという人だ。こういう人と会うと酒を呑んでいるのが肩身がせまい。やっと私も天下晴れて、病人の身の上である。

「俺はドクターストップだから、うす目でない水割りを」

〝かいば屋〟の店主クマさんが笑った。

「へんな人が入って来ちゃったね」

「そのかわり、たった一杯でやめるよ」

呑んでいる間、思いついて近くの〝梅むら〟に行った。

浅草はちょうど三社祭りで、揃いの浴衣《ゆかた》を着た若い衆たちが威勢よく右往左往している。〝梅むら〟の手前の路上で、これも浴衣姿の井上ひさし夫人好子さんにばったり出会った。

「あら、どちらへ――」

「相撲の帰りでね、ちょっとそこまで、豆かんを買いに――」

「ああ、やっぱりねえ」

といって好子夫人は笑った。

「あの店、並んでますよ。お祭りだから」

私のドクターストップをうすうす知っている好子夫人は、やっぱり、隠れて甘いものを喰べてるな、と思っただろう。けれども、豆かん一個を夕食にしているとは考えつかないだろう。

そう思うと、哀しいような、誇らしいような心持がする。もっとも甘い物はやっぱりいけないので、適当に逸脱しながら、節食もしているという気分がよろしい。

食事制限をはじめて、喰べる物が一倍またおいしくなった。今、飽食しているのは海苔《のり》(それも醤油をつけないで)ぐらいなもので、なにもかも鼻クソほどのものしか喰べていない。家の中ではべつになんということもない、もうなれてしまってそれですましているが、外出したときが勝負である。一人で歩いていると、街の飲食店なるものが実に新鮮に見える。

さんざん葛藤した末に、ちょっとハメをはずしてソバ屋に入ってやろうかと思う。一杯のザルソバでハメをはずすというのが少し哀しいが、しかし何事だってハメをはずすという気分は同じで、眼の前に運ばれてきたソバの上にかがみこんで、昔の江戸っ子みたいにほとんど汁につけず（巷《ちまた》のソバ屋の汁はおおむね甘くてうすいから、昔の江戸っ子よりもなお塩味が乏しい）つるつるッとすすってほおばると、自分で感動が湧く。ふた口めはすくなめにとって、じっくり口の中で味わって、それであと一本一本すくいとり、汁の中の葱《ねぎ》まで喰べてしまって、まことに豪華に遊んだような気分になる。

どうも、油っこいものがいけず、塩分がいけず、甘味がだめ、澱粉《でんぷん》が駄目、それでも喰い物というものは実においしい。腹一杯喰ってもおいしいし、腹三分でとめてもおいしい。どうせ同じくおいしいのなら、腹一杯喰っちまおうかという考えもチラと出かかるが、まア今のところはこのペースを変える気はおきない。多分、節食に中毒してしまったのであろう。私は何事でもわりに中毒しやすい体質で、いったん中毒するとなかなか止まらない。

それで体重計にばかり乗っている。体重をはかるときは非常に慎重で、事前に小便をしたり、パンツ一枚になったり、余分なものは身につけない。それで、おかげさまで少しずつ減りだした。いったん減りだせばしめたもので張合いもつく。このままの勢いで突っ走って、体重がゼロになるまで行ってしまおうと思う。

私は妙なことに非常に才能がある男で、やりたいと思うことはたいがい夢で実現させてしまう。

たとえば、女性と寝ることなんてことは朝飯前である。他のお方はどうかしらないが、私の場合はいったんそういうシチュエーションになると、完全に遂行するまで眼がさめない。起きてから下半身に異常はないから、夢精とはちがう。したがって一夜に何度でも見ることができる。

こういうことを記すと、気色《きしょく》をわるくする女の方がおられると思うが、告白すると、私は世界中の美女と夢の中で寝ているのである。日本の有名美女も、私がその名と顔を知っているかぎり、私の夢の中でつきあっていただいていると覚悟していただきたい。

もっともその方々の夢の中の裸身が、現実の裸身と一致するかどうかは私にはわからない。そのうえ、いくらかものたりないのは、現実の女性の身体のみずみずしい張りが、夢の中では乏しいことである。戦争中に、物が不足している時分、芝居で饅頭《まんじゆう》など喰べる場面があると、厚紙で型をとって、中が空気という紙饅頭を役者が喰べる恰好をする。口の中でぐしゃぐしゃと噛んで、客に見えない頃合いを見はからってそっと捨てる。あの感じに似ていて、なんとなく紙の美女を抱いている感じがする。その欠点さえなければ、無数の美女とラヴシーンを演じているために、現実にはもう飽きた、という心境になるような気もするのだが。

夢の中で、砂塵《さじん》が巻き起こっている。かなり広い中学の運動場で、風の中で運動場に立っていると、小さな砂粒が顔に当ってくる、あの感じが蘇《よみがえ》った。私たちの中学は、東京都の敷地に養老院と一緒に建っており、養老院の人たちと同じ給食が出る。

炊事場は運動場の片隅にあって、するめという仇名《あだな》のいかついおじさんが数人の老婆と一緒に調理している。私たちは交代で週番を定めて、手押車で取りに行く。

カレーが大鍋に、ふつふつと煮えたぎっている。喰うかい、とするめがいい、大皿に盛ってくれた。かつてそんなことは一度もなかったから、これは夢だな、と思う。大きな肉の塊がひとつ入っている。それに固めのライス。アルミの匙《さじ》ひと口すくうと、辛い。

「いつもはちっとも辛くないカレーだったのに、今日のは辛いね」

というと、するめが答えた。

「作ったときは辛いんだが、運んでいるうちに辛味が飛んでしまうんだ」

それにしても辛い。肝臓にいいわけがないが、まア夢だからな、と思う。実をいうと私は辛いカレーが大好きである。

それから、じゃが芋や人参がたくさん入っている家庭のカレーがいい。その日のカレーはまことに理想的であって、ただ、ちょっと水気が不足しているのが欠点だ。なんとなく紙カレーを喰っているような気分に近い。

私はカレーを喰うときは、ライスとカレーを混ぜないで、端から行儀よく掬《すく》っていく癖があるが、ふと隣の子を見ると、まん中から匙で強引にかきまぜて、乱暴に喰べている。

ああいうふうに喰ってみたいな、と思った。

「お代り――」

といった。するめがすぐに盛ってくれる。夢のせいで簡単である。

混ぜこぜにして喰うと、またひと味ちがった。

「もう一杯喰うかい」

「ええ――」

夢だから何皿でも喰える。もっとも夢でなくたって、三皿や四皿は平気だ。

三皿めをたいらげて、やっぱり紙を喰ったような感じが気になって、もう一皿、といおうとして眼がさめた。
さめてしまえば腹には何も残っていない。ただ朝飯が欲しいと思うばかりだ。
しかし気のせいか、私は起きてすぐに、水を二杯呑んだ。

及ばざるは過ぎたるが如し

「その後、如何《いかが》ですか――」

　と医者がいう。

「はア、着々とやっています」

「着々と、肥っているのではないのですか」

「いいえ。塩分、油脂、糖分、含水炭素、すべて仰せのとおり減らしておりまして、目下、飽食しているのは海苔《のり》と林檎《りんご》だけであります。おかげをもちまして、相当に痩せてきました」

「ははア、痩せているのですかね」

「痩せました。最初の月が二キロ、次の月が二・五キロ、ごらんください。腕がこんなにかぼそくなりました」

「ふうん――」

「この調子で痩せ細っていくと末はどんなことになるか。骨と皮のようになっていくのではないかと心配です」

「どうもあまり痩せたようにもお身受けしませんがね。とにかく貴方はまだ健全な体重の線を二十キロ以上オーバーしているのですから、なんとか努力を続けてください」

念の為に申しあげるが、私が伺候しているのは神経科の名医である。私は、内科に関しては主治医と心に決めている医者が居て、本来はその主治医のところに通っていなければならぬ身なのであるが、今のところ、ちょっと顔を出しにくい。何故ならば、主治医からも大分前に、痩せることを命じられているからである。

内科とは別筋の私の持病である睡眠発作症《ナルコレプシー》の治療と取材を兼ねて、今春来、神経科の名医の許《もと》に月に一、二度かよっているが、そこで、肝臓、血圧、コレステロール、中性脂肪、糖尿、いずれも赤信号で、いいのは胃腸だけです、と宣告された。

至急に痩せなければならない。神経科の名医と内科の主治医とは大学時代の同期であり、主治医が名医を紹介してくれたのであるが、今度は名医が主治医のところに行って内臓をくわしく検査して貰え、とすすめてくれる。けれども、どうも敷居が高いのである。

もうすくなくとも十キロほど痩せ、不摂生を排し、血圧を下げなどして、心身ともにクリーンにしてから主治医の前に現われたい。今のままではあまりに見苦しい。

しかし、長年の不行跡と主治医の忠告を無視したために、私の命運が旦夕《たんせき》に迫りつつあるという現状は、すくなくとも主治医には報告しなければならぬ。厄介なことに、そうするために身体をクリーンにする必要があるのであるから、患者が主治医の前に行くという、こんな簡単なことが、実行に非常な隘路《あいろ》をともなう。いったいいつになったら心おきなく主治医の許に出かけることができるのだろうか。私の命があるうちに、再びまみえる機会が作れるだろうか。

「寝る子は育つとはよくいったものですね。よく眠れる日があると、もうそれだけで体重が二、三キロはカムバックしているのです。十日ほど節食した効果が台なしになる」

「しかし貴方は子供ではないのですから」

「先生がくださるナルコレプシーの処方薬がいけないのです。おかげさまで、持続睡眠がだいぶとれるようになりました。ところがそれで体重が増える。実にどうも、世の中はままになりません」

「そんなことはないはずですがね。まア貴方のように、変な日常をすごしていらっしゃる方は珍しいから、すべて医者の常識の埒外《らちがい》ですが」

ナルコレプシーの患者は、二十四時間ずつを区切って睡眠のありかたを示す睡眠表というものを日々記して医者に提出する。それは主として持続睡眠の具合、睡眠発作の模様などを医者が把握するためのものであるが、私の場合は、まず私の生活態度に医者が仰天した。夜だの昼だのという区別がない。睡眠は兎の糞のように一時間とか二時間、手当り次第に寝、寝たかと思うと起きてしまう。夜半に外出して朝方までに七、八組の人々と会っているかと思えば、三日も寝なかったりする。三日寝なくてもそのあとやっぱり一、二時間ほどしか寝ない。

「よくこれで生きて来られましたね」

「元気に生きてきたわけじゃないです」

「そうでしょう。小説家というものは、皆こんな生活を強《し》いられているのですか」

「いや、小説家だからというわけじゃなくて、もともとそうなのです。仕事以外にやることが多すぎて時間が足りないんですよ。仕事すらやる時間がないくらいです」

「何をそんなにやっているのですか」

「それはひと口にいえません。何もかもやろうとすると一日五十時間くらいないと整理がつきませんね。ですからゆっくり寝るほど気持ちがおちつかなくて、居眠りしながらだらだら起きているということになるんです」

「それでは病気じゃなくて、ご自分でそう仕向けているんですね」

「いや、病気でもあるんで、そのうえそう仕向けてもいるんです」

「するとこの生活を直す意志があるんですか」

「微妙なんですね。病気の苦痛はありますから、このうえ重症にはしたくない。しかし癒《なお》って健康に眠ってしまってはなお困るので、なんとか適当に飼いならしたいのですよ」


なんとかかんとかいうけれども、節食というものは、まことにすがすがしい。

空腹で、何かを喰おうというあたりが最高にいいので、満腹してしまえば臨終の気分に近い。なんの希望もない。その点でも節食がのぞましい。節食をベースにして、過食をしたい。いや、節食をモットーとし、空腹と絶えずつかず離れずにいて、しかも過食を厳に戒め、とどのつまりやっぱり喰べまくってしまうという楽しみを味わいたい。

私の師匠の藤原審爾さんは、若い頃に肺と肋骨《ろっこつ》を大切除し、それから胆嚢《たんのう》だの膵臓《すいぞう》だのなんだのかんだのを取り、全身手術だらけ、残っている内臓の方がすくないという。それでも寝るのは一日おきぐらいだった。その頃、毎日のように寝るのは自堕落だ、といって叱られたことがある。間隙《かんげき》を縫って腸チブスにかかり、面会謝絶を押して病室に入ると、私を連れて窓から逃走して新宿に呑みに行ってしまったという人である。

近年は糖尿と肝硬変という診断が加わったが、ちょうどその頃、石川県鶴来《つるぎ》の名酒〝菊姫〟の味を知り、二十年来断酒していたのを振り切ってまた酒呑みになってしまった。

しかし一方、節食にはことのほか気を配り、食事はほんのふた口かみ口ぐらいしか召し上がらない。ふた口かみ口であるが、そのかわりにひっきりなしに食事しておられる。そういう猛烈な、生命力の強い人を師に持って、その弟子が、イージーに医者の命令を守ってだけ居るわけにはいかない。

但し、基本的には節食を旨としなければ、なんのための過食かわからなくなる。空腹は満腹のついお隣であり、空腹の極に一歩一歩進むことで満腹に近づいていく。そう思わなければ生きていけないし、またそう思うことで張合いが生じる。なんだか希望が満ちてくる。庭の樹《き》の緑を見ても、心なしかしっとり濡《ぬ》れていて美しい。もっとも現在は入梅であるが。

先日は十日ほどホテルで仕事をしたが、朝食以外、ほとんどホテルのものを喰べなかった。私は、油ものに手を出さなくなったし、塩分と糖分の濃いものは控えている。だから、飲食店の選択がむずかしい。

ご馳走らしいご馳走がないところがよい。一品ずつのお菜が紙に書かれてたくさんぶらさがっているような、そういう店が東京はすくなくなったような気がする。

タクシーに乗るたびに、運転手さんに、安くておいしい手軽な店を訊いてみるようになった。空腹のときに喰べ物の話をするのが、慣れてくると快い。

運転手さんはたいがい喰べ物好きである。以前は、タクシーがたくさん停車していると、そこに必ずおいしい御飯屋さんがあった。近頃は車が駐車しにくくなったので、そういう店も成立しにくいし、車が駐車していてもメドにならない。

自分の家に帰って喰べたり、タクシー会社の食堂で喰べる、と答える人が半分くらいある。この頃はむやみに流さずに、一定地域で細かく稼ぐ車が多くなったせいであろう。

しかし、さすがに、弁当を持ってくると答える人は居ない。

運転手たちの答えに、かなりの頻度で登場してくる店がある。現在までのベスト3は左の如し。

神田神保町、さぶちゃんラーメン。

これは私も知っている。たしか三百五十円くらいの安いラーメンで、量質ともになかなかのものなのだけれど、荻窪の〝丸福〟と同様、特に食事どきなど並ばなければならない。私は今、油ぎっているものを避けているから行かないが、五十男がラーメンの列に加わるのはちと辛い。

月島の御飯屋。

これは何故か、どの運転手も店名をいわない。名前など忘れても行けばわかるといいたげである。銀座から晴海通りを直進し、勝鬨《かちどき》橋を渡って、右折。月島の方でなく、逆に晴海埠頭に近い方。あそこは絶対に安くてうまいという。特に刺身が安い由。

環七（環状七号線）、高円寺中央線ガードよりやや南の手打うどん〝さぬきや〟。私の家からわりに近いので、一度行ってみようと思うがまだ果たしていない。うどんはさまざまな歯ざわりのものがあって、人によって好みがちがうが、店名から推して、讃岐うどん風に固く打ったものか。運転手たちは、うどんというと、たいがいここのことをいう。

椎名町の二股交番（新青梅《おうめ》街道）のすぐ近くに、〝翁《おきな》〟という日本ソバ屋がある。ソバはウドン粉に限る、と記したが、ソバ粉のソバ屋で、たった一軒、例外として好きな店である。昨日、久しぶりにこの店に出かけていった。私の今の喰べ物に関するハメはずしは、一杯のソバである。なんだ、ソバか、というなかれ。なんであろうと破戒の味は同じであって、発心してから何日も何日も我慢して、我慢の楽しみをおおいに味わってから、居たたまれずに転がるように出かけていく。

喰べ物というものは好き好きがあり、いかなる食通であろうと、基本的なポイントを評価するまでが限度で、他人の好みまでは計算に入れることができない。だから、ソバなら私は〝翁〟がまず第一に頭に浮かんでくるほど好きだ、と記すのみにする。

店主は現在の東京で、うまいソバという点ではもっとも信頼できる〝一茶庵〟で修行した人で、だから、〝一茶庵〟の系列の変りソバや焼き味噌が出るが、せいろに関する限り、〝一茶庵〟ともどこかほんの少しちがう独特な味であるような気がしてならない。

私は東京牛込の生まれ育ちであるが、子供の頃、生家のすぐ近くの大通りに、非常に大きな構えのソバ屋があった。今、その屋号をどうしても思い出せない。相当有名な店であったらしいから、古老にきけばまだご存じの方もあるかもしれない。

大きな構えといってもなにしろ図抜けていて、敷地を長い黒塀で囲み、御殿のような座敷にあがって喰う。その前に銭湯があり、夏など父親と一緒に銭湯に行き、それから御殿にあがってソバを喰うのが楽しみで、私のソバ好きはここで発足した観がある。子供の頃に何故かその店は潰れてしまい、長いこと廃屋になって、お化け屋敷と呼ばれていた。現在はそこが新潮社のテニスコートになっている。

御殿のようでもソバ屋はソバ屋で、現在の各店のように能書たらたらということはない。少し蒼《あお》みがかったソバで、当時この味にすっかり慣れていたが、戦争の食糧難を経て、戦後復活したソバを方々で喰べて、一度もこの味に遭遇したことはない。それが四十年ほどして、〝翁〟のソバをひと口すすったとたんに、私は相好を崩した。

これだ、と思った。どういうわけか、あのソバがここで喰べられたのである。〝一茶庵〟のソバを喰べたときはそうは思わなかったから、どこかひと味ちがうのではないか。

〝翁〟のせいろは三百五十円である。いわゆる名店の値段よりずっと安く、平凡な街のソバ屋と同じである。安いのがえらい、などというかたは客の手前勝手で、私にはこの倍でも至当のような気がするが、それが店主の姿勢なのであろう。店構えは小さいが、妙に上品ぶらないところも、牛込のあの店に似ている。

私はこの店では、せいろ一本槍である。変りソバもうまいはずだし、種物もよかろうが、一枚のせいろを大事に喰べる。塩分をケアしているから昔の江戸っ子のように、ほとんどつゆにつけない。しかしここのつゆは適当に濃く、ソバそのものがいいから気にならない。

明日の用意に生ソバを四人分、土産に頼んだ。先年、山本益博さんが推賞した頃、客が立ち混みすぎて店主が音《ね》をあげたという噂をきいたが、ちょうど時分はずれで他に客は居ない。

一枚のせいろを喰べていると、眼の前で主人がもう一人前のソバを大釜の中に落している。他の客は居ないし、出前の気配もない。なんだろう、と思った。いかにも私のお代りに備えているようである。

そうでなくても欲しいのに、こう手順をよくされてはこらえようがない。お代り、といった。はい、といって主人が茹であがったばかりのソバを烈《はげ》しく水で洗って出してくれた。

二枚目を喰べていると、なんということか、主人がまた、生ソバの箱から一人前を取り出して湯の中へ落している。家で茹でるときの参考に、いつも私は主人の手つきを見ている。説明書には四十秒と記してあるが、手ぎわが少し早いようだ。どうもそこまでされては黙っていられない。お代り、とまたいった。

はい、と主人がいう。いつものぶすっとした表情のまま出してくれる。そうしてまた、手早く生ソバを湯に落すのである。盛岡のわんこソバがかくのごとくであろうか。有難迷惑のようでもあり、まことに嬉しいようでもある。

「もう一枚、貰いましょう」

「はい――」

〝翁〟の一人前は、他の名店のように少量ではない。私の喰べる速度が少し落ちていたかもしれない。しかしまた、四十秒のところが二十秒くらいになっていたようである。

主人は大急ぎでせいろに盛って、私が何もいわないうちに、調理場の蔭に行った。すぐに、つるつるとソバをすする音がきこえた。私のすすり音と、主人のすすり音が重なり合うところがなんとなく趣がある。

それから、急にひどくおかしくなって、笑いを耐えるのに苦労した。

それでお代りをあきらめて、タクシーをひろって帰宅したが、ちょうどソバっ喰いの来客が居て、すぐさま土産の四人前を茹で、先を争って喰べた。

ギュウニュウたこかいな

三島由紀夫さんという人は、誕生の場面を意識していたということだけれども、私はもちろん天才じゃないから、今、そんなことを一生懸命ふりかえってみても、何も絵にも字にもならない。ただ後年に親からきいて得た生誕時の知識がいくらかあるだけである。

もっとも生誕の場面などということでなくて、赤ン坊時代の思い出ということであれば、私にも少しはないこともないのである。

一歳だか二歳だか、そのへんはよくわからないが、赤ン坊の私が、母親のオッパイを、じいっと眺めている。

品格のうえで三島さんよりずっと劣る、などと思わないでいただきたい。母親の胸乳《むなち》を咫尺《しせき》のところに臨んで、そこで私は、断乎《だんこ》、授乳を拒否してしまうのである。多分、大人たちが、なだめすかして乳を呑ませようとしたのであろう。

けれども私なる赤ン坊は、断々乎として、胸乳に自分の顔を近づけない。それどころか、紅葉《もみじ》のような両の掌を力強くふんばって、母親の身体を遠ざけようとする。

これは後年に、頭の中ででっちあげたことかもしれないが、その前にこういう場面があったことはたしかなのである。母乳を、しぶしぶ口に含んで、そのあまりのまずさに、吐き出したか、吐くほどの気力もうせて、噎《む》せながら呑みこんだか、そこのところは忘れてしまったが、いずれにしても、まずかったのである。

具体的にその場面を憶えていなくとも、身体が充分に覚《さと》っている。

赤ン坊の頃、お袋に個人的確執があったわけではないから、何ひとつ先入観はない。もう純粋に、まずかったのである。

この世に、母乳ほどまずいものはない。あのムカムカする臭《にお》い、不潔なうす甘さ、気味のわるい濁り。

しからば、牛乳はどうか。まず第一に、母乳に似ていて、いやだ。もうそれだけで、拒否する。

粉ミルクはどうか。牛乳に似ている。ものは順に行っているので、母乳がいやだというのに、その代用品がいいわけはない。

しからば、何を喰って成長したか。

今になって、偉そうに、だから母乳など、一滴も吸わなかった、という自信はない。私はそもそもからして、意志が弱い。拒否の姿勢がぐにゃぐにゃになって、あるいは何度か、吸わざるをえなかったかもしれないが、おおむねは拒否したのである。親たちばかりでなく、まず産婆が、ついで小児科の医者や看護婦までが、惨憺《さんたん》たる苦労をしたときく。注射で栄養をわずかに保ったということもあるらしい。そうして、しょっちゅう死にかけていたらしい。

母乳などで育つくらいなら、或いはその代用品など口に含むくらいなら、死んだ方がましだったと思う。

これは確かな記憶なのであるが、私の嫌がる母乳ｅｔｃを、なんとか呑まそうとして、まわりの者が、なだめたりすかしたりする。母親の身体にすこしでも近づけると、身をのけぞらせて、何も吐くものもないのに、ゲーッ、ガーッ、と喉音を発したようだ。

歩けるようになってからも、牛乳のコップを口のそばに近づけられると、本当に吐いた。あれは、自分としてはヒステリックな発作ではなくて、ごく自然に、汚物を見るときのようにムカムカしたのだと思う。

そういえば、私は、風呂からあがったときなどの、自分の身体の臭いが嫌いである。垢《あか》の臭いはよい。おならの臭いもよい。そうでなくて、なにかうす甘い、生まれたまんまのようなときの自分の臭いが嫌だ。それはつまり赤ン坊の臭いで、赤ン坊はミルクで育っているから――というふうに理屈張っていくのも面白くない。

私は、牛乳の類はいっさい呑まないし、呑めないけれども、アイスクリームやシュークリームは、ときどきなめる。

何故だ、と訊かれたって、答えようがない。

コーヒーは、もちろんミルクはいれられない。だから、よっぽどおいしいコーヒーでないと、おいしいとは思わない。ポタージュは本来は喉《のど》をとおらないから、平生はまったく口に入れないが、他人の家で、うまそうに呑まなければ礼を失するか、その場の空気がしらけるような場合は、サービスに呑んでしまう。もちろん嘔吐《おうと》感はあるけれど、呑んで呑めないことはない。

カレーに、牛乳が入っているのは、五感に感じる。しかしオーバーに入っているのでない場合は、なんとなく喰ってしまう。何故だろうか。ホットケーキもしかり。しかしグラタン類はおおむねいけない。

何故、といちいち訊かれたって答えようがない。嗜好を理屈でやっているわけではないから。

ある人のお宅で、麻雀をやっていた。麻雀をやっているとき、それも長時間の麻雀になったりすると、そこのお宅の主婦が、いろいろ気を遣ってくださって、こなれのよい物を出してくださる。

朝方までに至ってしまって、なんだか脇の小卓に湯気の立ったよい匂いのするものがあるな、と思って、相手リーチの捨牌を一心に眺めながら、ガブッと呑んだ。

叫び声こそ出さなかったが、私は眼を白黒した。ホットミルクに砂糖が入った呑み物である。

なにがいけないといって、ホットミルクほど、閉口なものはない。冷やしてある牛乳は、それだってもちろん呑まないけれど、まだ呑み物として諒解できる要素がある。あれを熱して、表面にしわしわが浮かんだようなものを、他人が呑むと想像しただけで、胸糞がわるい。

ところが、ガブッと呑んだ一瞬、うまい、と思ったような形跡が、私の口の中にあったから恐ろしいのである。

中国が麻雀を公認しないとか、日本がマリワナを公認しないとかいう事情がなんとなく呑みこめるような気がする。私自身そのとき、無神経にこういうものを呑む癖をつくると、末はおいしいと思いはじめて常用するのではないかという気さえした。どうもせっかく五十年の余、保ちつづけてきた嗜好が、こんなことでがらがらっと崩れそうになるのは情けない。

今まで口腹にいれたもので、もっとも閉口したものは何か、と考えてみると、私などは戦争中の餓えの季節を通過しているから、いくらでもありそうなものだが、それが意外に思い出すのに苦労するのである。

大豆から油を採ったあとの豆粕《まめかす》だとか、蛆《うじ》の湧いた南瓜《かぼちゃ》の粉だとか、まずいものはたくさん喰べたが、そういうときは腹が減っているから、まずい物はまずいなりに、積極的に喰うということになって、それほど閉口したような印象はない。

うまいとかまずいとかを通り越して、ひどい、という印象がいつまでたっても拭《ぬぐ》えないのは、子供のときに下剤として呑んだひまし油と、五、六年前の大病のときに、呑め、と医者に命令された自分の胆汁である。

胆管閉塞で下に流れなくなった胆汁を、横腹から針を入れ、バイパスをさしこんでいったん体外に出した。そうして、それを口から呑めというのである。そうしないと消化に不都合が起きるのだそうで、一日三回、一合ずつ呑まなければならない。

汚い話で恐縮だが、胆汁は、糞をつくる源だから、猛烈な臭気を発するまっ黒いどろっとしたものであるが、それを大きな洗面器に氷を満たしたもので、冷たくした。氷をとかしこむと量が増えるから、冷凍するときの要領で冷やす。

苦い、臭い液なのだが、ふっとどこかうす甘いようなものを含んでいて、それが一倍よくない。冷やすと臭いはさほど気にならなくなるから、ひと口、ぐっと呑んで、チョコレートの粒で口中を直す。またひと口やる。

だんだんなれたような気分になって、ふた口、み口、やろうとすると、うっと、吐き気がこみあげてくる。

私が一日三回、呑んでいると、いつも看護婦や他の患者が、野次馬になってのぞきに来ていた。

もっともそういうものは、食物とはいわない。まずい、というのとも少しちがうが、閉口したのは、戦後の唐辛子中毒である。

生家を飛び出している時分で、銭も宿もない。往来に転がって寝たりしていた頃だから、寒い頃は、なんとか身体を温めなければならない。そこで悪酒を呑む。といっても少量で酔っぱらうために、焼酎《しょうちゅう》に、唐辛子の粉をまっ赤に叩きこむのである。

一気にそれをあおって、もう口も腹も、辛くてかっかと燃えるようになって、大通りを一散に走る。一杯の酒で、酔っぱらうにはそれに限るのである。

ところが、喰う物も、銭もない。ばくちがわるいときなどは、一日、かけソバ一杯、なんていうことになる。そういうときは、ソバ屋に行って、かけソバのドンブリの中に、卓上にある唐辛子の粉を、樽いっぱい叩きこんで、箸でかきまわしてしまうのである。するとまっ赤な、どろどろしたものができあがる。それを一気に口中に流しこむ。それでも胆汁よりはうまい。

それでたちまち、唐辛子中毒になりかかった。その前に、胃がただれてしまった。私は最盛期には、三十分に一袋くらいずつ、一味《いちみ》の唐辛子粉を口の中にあけていたが、その頃はもう何も喰えない。あやうく死ぬところだった。

私が二十一か二の頃、ばくちのグレから一応足を洗ったのは、この唐辛子中毒でへたばったのが、もっとも大きい原因だった。しかし本格の唐辛子中毒はもっともひどいらしい。唐辛子中毒は、なかなかそこまで行かないが、ひどくなったら廃人になるということだ。

吐き気を催すほど嫌いではなくて、喰べればわりに平気で喰べられるのだが、どうも食欲をおこさないというのは、蛸《たこ》である。

こういうと、なんであんなうまいものが、とおっしゃる人が必ず居るだろう。西洋人は蛸を喰べない人が多いが、それは形がわるくて、化け物を連想するのだそうで、私はそんなことはない。べつにぐにゃぐにゃしていたってかまわない。

けれども、あんなもののどこがうまいのだろうか。

私の子供の頃は、酢蛸、というのは、日常のご馳走だった。だから、けっしてあのいぼいぼが気色がわるいなどとはいわない。むしろ、あのいぼのところがわずかにうま味がある。

どうしてかな、腹が減ったとき、蛸、というものはあまり連想しない。蛸を腹いっぱい喰いたいなどと思ったことはない。

烏賊《いか》も、私にとっては似たようなものだ。季節物の槍烏賊、真烏賊、なんてところはまだ、ひと切れふた切れ喰べてみる気にもなるが、寿司屋によくある紋甲烏賊、あんなゴムみたいなものを喰う気にはならない。

そういえば、蛸もゴムみたいなところがある。チューインガムのかすを喰ってるようなものである。

ああいう類の身のしまったものは、私はおおむね好きでない。海老も、近頃どうも食欲をそそらなくなった。アメリカの方に行くとロブスターと称する大きな海老があって、高価だし、珍重されるけれども、少しも美味いとは思わない。

ロブスターをボイルして、マヨネーズにつけて喰べる。マヨネーズだけで、ロブスターなしの方が、まだしもいい。

海老でもシュリンプという小さい方は、プツンとしていて歯ざわりがいい。特に日本の天ぷら屋で出す巻海老は、美味だというのはわかる。しかし私は、天丼を注文する場合、できたら海老抜きでほしい。

牡蠣《かき》は、美味いものは美味い。けれども、美味い牡蠣は高価すぎる。特に近海が汚れてからは、美味い牡蠣が手軽に喰べられなくなった。喰べられなければ、あんなもの、私は喰べなくて平気だ。

貝類も、私はそれほど憧れない。

まずいかというと、これも美味いと思うことがあるのだけれど、近頃はめったにぶつからなくなった。しじみは汚水臭い。浅蜊《あさり》だの蛤《はまぐり》だのは、大味でにがい。いくらか川筋の汚染が直って、また近場の貝が出てきたようだが、これもあまり積極的に魅力を感じない。

いつか、ずいぶん前だが、どこかの寿司屋で、冬だったと思うが、鳥貝のうまいのに行き当った。私は眼を見張って、あの、やはり黒いゴムのような気がしていた鳥貝がこんなに美味なものかと思ったが、それ以来また何年も当らないから、鳥貝を好きだというわけにいかない。似たようなことは、ほっき貝にもいえる。これは私が、主として東京でものを喰うからであろう。

総じて磯のものは、東京では駄目なことはわかりきっている。磯のものの中で唯一、大好物だったのは海苔《のり》であるが、これも近年、うまい海苔に行き当るのが稀になってしまった。現状のところでいえば、私には、磯というものは無くてもいいので、海辺から急に深海になったとて、少しもかまわない。

もう二十年以上前のことになるが、藤沢の海岸近くに住む鳴山草平さんというヴェテラン作家のところを訪ねたことがある。手順がわるくて、初対面で失礼ながら訪問が夜になってしまった。

鳴山さんは書斎で私を引見しながら、

「ところで、君は、海鼠《なまこ》が好きかね」

「――はア」

「ちょうどよかった。今日は取りたての、うまい奴があるんだ」

ぽんぽんと手を鳴らして、奥さんに、海鼠と酒を持ってこさせた。おはずかしいが、私はそれまで、海鼠というものが、やはり喰わず嫌いだったのである。

しかし、初対面で、緊張のあまり好きと答えてしまった以上、手をつけないわけにはいかない。残しても失礼になる。

ようやくのことで、眼を白黒しながら、全部呑みこんだ。

「おい、まだあるだろう。お代りを持って来なさい」

鳴山さんは海鼠が好物だそうで、私を同志のようにあつかってくださった。

その用事が尾をひいて、半月ほど後に、再訪した。

「君は運がいいね」

「なんですか」

「今日もいい海鼠があるんだ。やるかね」

「――はア、いただきます」

その夜も酒盛になって、海鼠のお代りが出た。

しかし、今、海鼠は、磯の物としては例外的に、私の好物の一つに加わっている。そうして東京の魚屋の海鼠は、やはり駄目で、あの頃の鳴山邸で、おそれおののきながら喰べた海鼠の味を、貴重な物に思いはじめている。

朝は朝食 夜も朝食

あれは、どういうわけだろうか。ヨーロッパスタイルをいうときに、フレンチ、という呼称がよくついている。フレンチ式とアメリカ式という具合にわけられる。

フレンチ・ルーレットと、アメリカン・ルーレット。

ルーレットは、もっとも盛んなのはドイツ圏だと思うし、都市でいえば、世界一のカジノの都は、ラスヴェガスにあらず、英京ロンドンだと思うが、ジャーマン・ルーレットとも、ロンドン・ルーレットともいわない。

歴史的にみても、旧スタイルのやつはジャーマン風ルーレットというべきだと思う。

フレンチ・バカラ、アメリカン・バカラ。これは言葉どおり、フレンチスタイルのバカラはフランス国内（イタリーの一部と）でおこなわれる独特の遊び方のバカラで、それ以外の国では大体アメリカ式ではなかろうか。

フレンチフライドポテト。これは不思議なことにフランス国内ではこう呼ばない。チップスという。ドイツでも、チップス。

イギリスでは、フレンチフライドポテトである。じゃがいもは、どうやら自慢すべきものではなくて、貧乏人の喰い物の象徴であるらしい。だからなんとなくよその国の名物であるかのごとき呼び方をする。ちなみに、ベーコンと一緒にソテーしたものは、イギリスでは、ジャーマンポテト。しかしドイツでは、ブラッドカルトッフェル。

アメリカンスタイルのコーヒーは、うすい奴で大きな容器で呑むが、これに対してフレンチスタイルは、濃くて、こげくさく、ほろ苦い。呑むというよりすするという感じだ。あれは豆を煎《い》らないで、油を引いて蒸し焼きにするのだそうである。

しかし英国風とかドイツ風とかいう呼称はあまりきかない。生クリームをおとしたウィンナ風というのはあるが。

コンチネンタル、というのはヨーロッパ大陸風ということらしいが、コンチネンタルタンゴというと、通常はドイツで主として流行したタンゴのことである。なぜ、ジャーマンタンゴといわないのだろう。

ところで、朝食であるが、西欧は実に不思議なところで、朝飯に大陸風《コンチネンタル》という呼称をつける。ではどんな特徴があるのかというと、パンとコーヒー、それだけというもっとも簡便なスタイルだ。もしこれに、ハムエッグだの、トマトジュースだの、二汁二菜くらいにすると、アメリカンスタイルということになるらしい。

パンとコーヒーだけなんていうのは、ポテトの項に倣《なら》えば、もっとも貧民スタイルで、それだからどこの国の名で代表させることもできずに、大陸風とボヤかしてしまったのであるか。

べつにハムエッグが喰いたいわけではないけれど、ヨーロッパの人たちは何故こう不便に物事を考えるのだろう。日本だったら、味噌汁には、地方によって独特の作り方があるけれども、朝食に、京都風とか、仙台風とか、博多風とかいうスタイルはない。日によって喰いたいものを喰えばよい。

朝食のおかずというものも、たくさん種類がある。味噌汁にお新香がベースになってはいるが、生卵、海苔《のり》、佃煮、大根おろし、干物、或いはまた、きんぴらごぼう、梅干、鰹《かつお》の角煮、塩鮭《ざけ》、おから、塩雲丹《うに》、切干大根など、ずいぶんヴァリエーションがあるし、季節によっても変化する。

ホテルに行ってごらん。コンチネンタルでなくても、卵料理三種、パンケーキ（フレンチトースト）にコーンフレーク、せいぜいがミニッツステーキくらいであろう。

外国人は毎朝、同じものを喰ってるのかね。朝食は朝食らしいスタイルを守るのがいいことだと思っているらしい。

なにしろ西欧人というのは規範の人なのである。

そこへいくと日本人は、規範にあまりこだわらない。特に私は無規範の典型で、そのうえ放縦だから、ヨーロッパだのアメリカだのではどこに居ても林間学校に入ったような気分になる。

もっとも私にはナルコレプシーという持病があって、持続睡眠ができないので、昼夜べったり起きている、というか、昼夜べったり居眠りをしている、といった方がよいような始末なので、朝とか夜とかいう観念が意味を失っている。

今、知人からいただいた肝臓の薬を毎日呑んでいるが、毎朝一回、と注意書には記してある。

毎朝、ということとは、ぐっすりとよく眠って、心身ともにさわやかに、さア今日もまたがんばるぞ、という、一日の出鼻を叩いて一服せよ、であるのならば、私にはそういう刻《とき》はない。

朝なんてものは、夜どおしあまり眠っていないで、仕方なしに机の前に坐ったりしているから、老いたトンボのごとく、うす汚れてよろよろしている時間なのである。それでまたチョロリと三十分ほど横になって、するとたちまち腹が減って、またよろよろと起きあがってくる、それがおおむねの朝なのである。

では、他の時間はどうかというと、やっぱり同じことで、小一時間くらいチョロチョロと眠っては起き、眠っては起きして、いつも泥のごとく疲れはてているのである。

医者は、素人《しろうと》のあさはかさ、毎朝、と記して明快に時間を指定したつもりであろうが、私にとっては、いつ呑んだって同じことさ、ということになるのだな。

朝食というものは、朝喰うから朝食。それで明快なようだが、そうもいかないのである。西欧のように、パンとコーヒー、アメリカンスタイルでも、せいぜいオムレツにジュース、この形式が朝食だとすると、私はそういうものを、いつ喰えばいいのか。

味噌汁とお新香と、生卵と海苔と、そういうスタイルの食事を、どこで取ればいいのだろうか。

なに、なやむほどのことはない。いつ喰ったって、かまやアしないのであるが。

けれども、朝食がどこだかはっきりしないということは、昼食も夕食もどこがそうなのかわからないのである。起きたとき喰うのが朝食ならば、私は一日じゅう朝食を喰っていることになる。

大体、朝、昼、晩、という三度の食事の習慣は、昼間働いて、夜どおし寝るという人たちの習慣から思いついたことであって、私などがこの習慣をむりに守ろうとすると、夕食と翌日の朝食の間が、異様に長くて、へこたれてしまうのである。

そうして、朝食がすんだと思うと、またすぐ昼食ということになる。

私は、だから病院生活というものが、まことに辛い。お金がかかるけれども、個室でなければならない。看護婦さんに事情を縷々《るる》とのべたてて、なんとか夜中の消灯を勘弁してもらう。

夜どおし、暗やみの中にぽつんと居るのでは、私は気が狂ってしまう。

それはいいけれど、病院の夕食はおおむね早い。どういうわけかしらないが、まだ明るいうちに出てくる。そうして、それから十三、四時間も絶食して、やっと朝食。

だから、夜中の二時乃至《ないし》三時頃に一度、病院の地下室から巷に脱走しなければならない。

そういう機構の病院で、しかも都心に近いところにないと、脱走しても喰い物屋がみつからない。

まさか、病室で炊事をするわけにもいかない。万《ばん》やむをえないときは、昼間、サンドイッチなどを買ってきて貰う。

すぐる年の大病のときは、危篤を宣言されていたらしいのであるが、勇を鼓して脱走を続けた。ラーメン屋に入って、ソバを、本当に一本ずつすすり、三本目ぐらいでもう喰えなくなってしまった。

不便はまだある。夜も昼も、チョロッと眠ってばかり居るから、医者が回診にきても、たいがい寝ているのである。医者というものは、不思議に人の寝こみを襲うものであって、ドアがすっと開くようになっているから、いつ入ってきたのかわからない。この病院に医者は居ないのかと思うと、先方も、あの男は身体がわるくて失神しているのか、それともよほどの怠け者なのか、測定しがたいとこぼしたそうである。

しかし、こういう行きちがいも、事情は簡単なのである。すべてはナルコレプシーのせいであって、入院時は、入院するに至った病気の薬をまず重んじて服用し、ナルコレプシーの発作止めの薬を呑むことを中止してしまう。したがって、なんの病気よりも手前に、まずナルコレプシーのために廃人に近い身になっているのである。

昔、カミさんがまだ私のところにときどき遊びに来ていた頃、朝の六時頃にステーキを喰うと知って、肝《きも》をつぶした。その頃の私の住居のそばに、二十四時間営業のストアが新設されて、あれは便利であった。私はときをかまわず、そのストアに出かけて、喰い物を買ってきては調理する。

夜中の二時頃、豚肉の塊と野菜を買い調《ととの》えて、家でカレーを作って喰った。そうしてその夜が明けぬうちに、再びステーキ用の牛肉を買いに行ったら、やっぱりストアの人がへんな顔をした。

それはいいが、カミさんは、私が夜明け頃からステーキを喰うのを見て、精力絶倫を予想したかもしれない。野獣のような私に、身体がしびれるほど抱きすくめられて、痛烈なセックスをする、そういう期待を勝手にこしらえて近づいてきたのであろうか。

ところが私は、その頃すでに、ナルコレプシーの病状が進んできて、夜も昼も、居眠りしている。この病気は疲労感が常人の四倍とかだそうで、食事の間も居眠りする。女を抱いても、やっぱり居眠りしてしまう。

カミさんが、実に私を軽蔑《けいべつ》したのだろうと思うが、そうだとしたら、彼女は勝手に期待し、勝手に幻滅したのである。ナルコレプシーに文句をいうがいい。

私が怠け者なのも、集中力がないのも、無規律なのも、みんなみんな、ナルコレプシーのせいなのである。

そうであることはわかっているけれど、それではこの病気が憎いかというと、どうしてかわからないが、私はナルコレプシーが、さほど嫌いではないらしい。

じゃがいもコロッケを作ろうと思う。そうはいっても、近時、油と塩分と甘味をできるだけ切りつめているので、油で揚げるわけにはいかない。

じゃがいもコロッケの、衣《ころも》と油分をとっぱらってしまって、中の餡《あん》だけ作って、なめるのである。

思いたったのは夜中の四時すぎであるが、すでにして朝昼晩の規律は混乱しているのであるから、天空の方が勝手に明るくなったり暗くなったりしているのだと思えばよろしい。冷蔵庫に、油脂分のすくない牛の挽き肉があったのを見届けてある。これは、カミさんも油脂分を嫌うからである。

じゃがいもコロッケは、野菜をたくさん切りきざみ、挽き肉も多量に加えて、じゃがいもをさながらつなぎのようにしてしまうものと、主としてじゃがいもの味を味わうために野菜や肉の量を押さえる作り方と、二種類ある。

どちらもそれぞれおいしい。どちらにするか迷った。

しかし、芋を主としたものを、今は喰わなければならない。何故ならば、野菜や肉は、どうせ油でいためるのである。これを多量にすれば、サラダ油も多量に使わなければならない。

こういう具合に私は気を遣っているのである。万事に、欲望を制御している。もっともごく稀に、おいしい塩雲丹など知人からいただくと、一食で一瓶たいらげてしまうことはあるが。

そもそも、なぜ、じゃがいもコロッケを思いたったかというと、これも知人の故郷である津軽半島の方から、今年もじゃがいもを送ってくださったからである。

ここ数年、私はこのじゃがいもに惚れこんでいる。北海道がどうの、とよくいわれるが、私はこの津軽のじゃがいもが日本一だと思っている。このお宅の畑が特別なのかどうかしらないが、べとつかなくて、しかも（矛盾するようだが）味が濃い。ホカホカのねっとりである。そうしてクリームの味と香りがする。（牛乳だのバターだのクリームだのは大嫌いだが、禁を犯して口に入れれば、多分美味なのだろうと思っている）

この芋を皮を剝《む》いて、ふかす。茹でてもいいが、大切なのは芋が柔らかくなったとき、うんと弱火にして、芋に残っている水分をすべて吹っ飛ばしてしまうことである。

忘れていた。まず第一に、電熱器のスイッチを切って、冷やし御飯を作らねばならぬ。どうもカミさんの癖で、炊飯器や保温器を使うものだから、おこげだの、冷たい飯だのが喰べられなくなった。

じゃがいもコロッケには、冷たい飯がよく合う。炊きたての飯などは合わない。

芋を主体にしたじゃがいもコロッケは、具をあまりこねまわしては台なしである。芋のつぶつぶがそのまま残っている方がいい。そうしてこれを丸めて、揚げれば日本風コロッケであるが、そうしない。

逆に、冷たくした飯を小さく丸めて、餡にする。そうして、おはぎのように、そのまわりをコロッケでねりかためるのである。

そうしなくても、茶碗に飯をよそって、その上に壁のようにコロッケをねっとりとのせてもいい。あつあつのコロッケと冷たい飯が口の中でまざりあう。

塩胡椒も私の場合は少量にしてあるから、どこか間の抜けたような味で、これに醬油かウスターソースをちょっぴりおとすと最高なのであるが、そうしない。

台所を大散らかしにしていると、寝ていたカミさんが起きてきた。

「何をしているの――？」

「見ればわかる」

「あらまア、こんなにたくさん作っちゃって」

「俺が喰うよ」

「あたしも喰べるわよ」

「いいよ、無理しなくたって」

「二人で喰べきれないわよ。こんなに作って、どうするの」

「喰う」

「ダイエットしてるんじゃなかったの」

「コロッケで雪だるまを作ってもいい」

「近所迷惑ねえ」

「何故。コロッケがどうして近所迷惑なんだ」

「音が騒がしいし、匂いもするわ。皆、起きちゃうわよ」

「それじゃ、配ろう」

「そういうふうに狂ってるのよねえ」

カミさんは、どうしてこの男が、コロッケを作るように情熱的に自分を抱かないのか、不満であるらしいが、私はコロッケを喰っただけで息も絶え絶えに疲れて、チョロリと居眠りするだけなのである。

キョーキが乱舞するとき

今、四、五杯のグラスを眼の前に並べて、これに水道の水を満たす。しかるのちに、別のグラスに氷塊を五、六個入れ、先だって満たしておいた水を、非常に注意ぶかく、氷塊が埋まる程度にそろそろとそそぐ。この場合、どのグラスの水をそそぐかということにこの行為の山場があるので、慎重に眺めて想いを集中した結果、やむにやまれぬままに一つのグラスに手を出すのである。氷塊が、眼の前でぴしぴしと音をたてて、溶ける。

そうして、その水をひと息に呑む。

誰にきいたわけでもないし、ひとりで考えてふっと頷《うなず》いているだけだけれども、なんの意味もないことをかくも面白がるとなると、狂気が、うっすらと身辺に忍び寄っているというふうに思わざるを得ない。

また、かくも頻繁に冷水を口中に含み、しこうして飽きることがないとなると、これもただならぬ気配というほかはない。

これにくらべれば、分厚いレアーのステーキをたっぷり喰べようなどという発想は、はるかに健全なことに思える。

では、ステーキを喰べようか。

しかし、喰わない。そもそも私は、医師のご託宣によって、至急に痩せなければならぬ身となり、ただ今あらゆる角度からダイエットを実行している。ステーキを喰べたいという健全な発想を排して、冷水中毒におちいっている。ダイエットが、狂気を呼んだのである。つまり、狂気を招くほどに、空腹だったのである。

もっとも、狂気はもともと身中にひそんでいたので、胃袋の手うすに乗じて口もとから跋扈《ばっこ》したという見方もできる。

もともと私の狂気というものは、非常にさりげないために、なんとなくひきたたない。私は友人知人の前で、そういうものを現わさず、じっと押し包み隠している。あの男は人前で、あんな沈着な顔をしているけれども、あれで一人で部屋に居るときは素裸でカンカンノウでも踊っているのではないか、という印象すら与えない。

あまりそういうものが表に立たないので、これはもうかえって病膏肓《こうこう》なのではあるまいか、と自分で思うほどである。

狂気というものは、平生はじっと内側に沈潜していて、あるとき一気に噴き出るものだということをきいたことがある。しかも私の場合、沈潜している気配はそれとなく感じるのであるから本格的で、いつの日か一気に噴出するのを覚悟して待っているほかはない。

これにくらべれば、たとえば私のカミさんの狂気などというものは、おおらかにこまっちゃくれていて、そう悪質のものではないように思えるのである。

カミさんはときどき発作をおこして、どっさり挽き肉を買いこむ。それも安価で油脂分の多い牛豚の合い挽きというやつである。

そうして彼女は、来る日も来る日も、ハンバーグだの、メンチカツだの、ミートボールをたくさん浮かした鍋だの、挽き肉入りピラフだのをつくって私をなやます。

私がダイエットをしていて、油を断っているのを百も承知でだ。

「――だから、喰べなきゃいいじゃないの」

という。

それから彼女は、塩分の塊のような、きんぴらごぼうだの、ひじきの煮つけだの、しいたけの佃煮だの、塩じゃけだのを毎日ひっきりなしに膳に並べる。私が血圧が高いのを知りながらである。

彼女のつくったがんもどきの煮つけは塩からくて、一枚のがんもどきをしゃぶっているうちに飯が五杯は喰える。

「君は、俺を毒殺しようとしてるんだな」

「そんなつもりじゃないわよ」

「そうじゃないとしたら、狂気だ。昔、ナチが収容所でこういうことをやったんだ。もっとも狙いがはっきりしていて陽性でいいがね。これを喰うと、俺がどういう具合になるかと思ってるんだろう」

「だって、この前、獲《と》れたての雲丹《うに》の瓶詰をいただいたときには、うまいうまいって、二日で一瓶喰べちゃったじゃないの」

「だから、そういうことをやっちゃったから、しばらく節制しようとしている出鼻を挫《くじ》いてくるんだ」

「喰べなきゃいいじゃないの――」

とやっぱり彼女はくりかえすのである。

「何があろうと喰べなければいいんだわ」

彼女はせっせと挽き肉を喰べ続ける。挽き肉と卵以外のものは、総じて見向きもしない。きんぴらごぼうも、ひじきも、塩じゃけも、いっさい箸をつけない。

では、誰のために、なんのために、彼女はそれらを作りつづけているのであるか。

私の家は怖いところである。とりたてて何も事件がおこらないところが凄い。ヒッチコックの映画〃断崖〃の女主人公ジョーン・フォンテーンになったような心地がする。

カミさんのことはもう思い出さないようにしたい。思いおこせば気も狂わんばかりになる。もっともそうでなくとも私の狂気は厳然として内攻しているのであるが。

どうも私という男は、悲運の星に生まれついている。カミさんの狂気に脅《おび》え、そのうえに自分の狂気にまで脅えなければならない。

私の家から自転車でさほどの距離でないところに、小さなメシ屋がある。練馬駅前の横丁をちょっと入ったところにある〃美々〃という店で、この店についてはいつだったか〃練馬の冷やしワンタン〃と題して短文を書いたことがある（八頁参照）。

私はかねがねからこの店のファンであるが、それは店主もおそらく気がつかないであろう。なぜなら、私がその店を気にいっているということなどを気《け》どられたくないから、頻繁には行かない。ほんのときたま、さりげなく入って、興の乗らない顔つきで黙って喰べて出てくる。あまりに足を遠のかせているので、自分でもその店の存在を忘れているくらいである。

それに、実際のところ、その店はメシどきに入ろうとしても、いつも一杯で待たなければならない。ほんの五、六人かければ満員になってしまうような小さな店なのである。

そのうえ、私自身が、だらしなくいつでも間食をしようという気分にならない。店がすいている時間に行ったのでは、即ち間食になってしまう。

贅肉をとるための一助として、自転車をこいでいるときに、ふと発作がおこって、その店に押入っていくのであるが、誰も、私が気が狂って入ってきたとは思わない。

私はいつもその店で、もっとも軽い喰べ物、冷やしワンタンか、冷やし中華しか喰べない。

話は飛ぶけれども、もう数年前になるが、好きな店を紹介するグラビアに写真とともに中山あい子さんが記していた文章はとてもよかった。

あい子女史は心臓の持病があり、したがって肥満を警戒している。ときどき仕事場の近くの神保町の〝揚子江〟という飯店(これは私にとってもなつかしい店だ)に、おいしいものを喰べようと思って出かけていくが、やっぱりそこでも一番軽い物をとる。ラーメンだったか、ギョウザだったか、忘れたが、いくらか油っぽい、そうして塩っぽいそのドンブリを大切に、しかしおそるおそる喰べながら、メニューを眺めて、酢豚だの、蟹たまだの、五目焼きソバだの、もう一段ごてっとした喰べ物に思いをはせている。いつか、思いきってああいうものを喰べてやろうと空想しながら、やっぱりいつものドンブリをとっている。

実にどうも、私などには気が入って読め、あい子さんの心情が迫ってくる。そうして、酢豚や蟹たまが喰いたくなると同時に、あい子さんが大切そうに抱えているドンブリも、生ツバが出るほどおいしそうに思えるのである。喰べ物に関することを記すならば、とにかく、読む者をして口中に生ツバを湧かせるようにしなければならない。中山あい子さんは、小説も実力派であるが、この一文だけでも直木賞を貰う価値がある。

話はだんだん飛んで戻らなくなるおそれがあるが、これも先年のアサヒグラフ、〝我が家の夕食〟という欄に、故人になった稲垣足穂《たるほ》さんが登場した。膳の上にはビールが二本、あとはなにもなかった。いかにも足穂老らしい写真だが、これもなんだか、舌なめずりしたくなる感じだった。

さて、練馬の店だが、ここにももちろん、チャーハンや中華丼や、各種のランチができる。こういう店は、つくる人のセンスが問題で、ひとつがうまければ他の物も総じてうまい。チャーハンなどは、その香ばしさについてこの店の右に出るところを知らない。

だが、私はいつも、ワンタン類にしている。この場合はジョーン・フォンテーンでなく、中山あい子さんになった気分である。気が狂って入ってきても、他のものをとるような贅沢はしない。

ある日、入っていくと、先客が、上海《シャンハイ》風五目焼きソバの大皿を今喰べようとしているところだった。あつあつの様子といい、匂いといい、見た感じといい、申し分がない。この店で焼きソバを喰ったことがないし、客が喰っているのを見るのもはじめてだった。

私は気持ちが揺れたが、今入って来て、先客がとったのを見て、ひきずられるように私も同じ物を頼むのは、いかにも主体性のない、はしたないことに思われる。私はムッとして、ワンタンを頼んだ。

けれどもあの焼きソバが心に残った。スーパーでソバを買ってきて家でつくってみたけれども、どうもちがう。あい子さんではないけれど、いつか破戒をしてあれを喰ってやろうと思う。

それからだいぶたって、不意にまた狂い、自転車でまっすぐに駈けつけ、店内に突進していって、上海焼きソバ、と叫びかかった。

ふと見ると、ちょうど先客が、焼きソバを喰っている。

あ、これはいけない。タイミングがわるい。先客に喰われてしまえばあきらめるより仕方がない。

次に行ったときも、誰かが焼きソバを喰っている。何故だろうか。近頃は焼きソバが流行しだしたのか。私が非運のせいか。

何度行っても、焼きソバを喰うことができない。私の胸の中は不充足が充満している。

こんなつまらぬことでなやむのはよそうと思っても、すぐに思いがふくらんで取締ることができない。今のところ、私の狂気はそういうふうにお行儀がいいが、そのうち、焼きソバを喰べている客を殺すかもしれないと思うと、暗然とした気分になってくる。

これもつい昨年のことだが、神楽坂の〝花〟というお汁粉屋さんに寄った。どうも放縦だけれども、狂気に駈られての話である。

この店は喰いしんぼうの果てに、洋裁屋をやめてお汁粉屋さんになってしまったという肥った女主人が居る。ここで私がときたま喰べるのは豆かんである。寒天と赤豌豆《あかえんどう》だけのさっぱりとした喰べ物で、なんといっても浅草の〝梅むら〟が一番だが、〝花〟のもなかなかおいしい。

その日、豆かんが売切れで、かわりに、あんこ巻を喰べた。私としては、清水《きよみず》の舞台から飛びおりたような贅沢である。

その餡《あん》がおいしかった。甘さがほんのりとしていて、豆の臭みがなくて、あとくちもくどくない。私が子供の頃喰べた〝ちもと〟の和菓子のような感じである。失礼ながら、あんこ巻のような品のわるい喰べ物に使う餡としては極上すぎる。

女主人にそういうと、我が意を得たりという顔つきで、実は餡は買ってくるんです、といった。

「どうせ素人だから、これから勉強して餡を作っても、玄人《くろうと》には追っつかないと思いましてね。あたしがこれまで喰べた餡の中で一番おいしいと思われるところから、わけを話して届けて貰ってるんですよ」

「へええ、どこの店なの」

「桜台なんですけどね」

桜台といえば練馬である。

「俺、今、そのそばに住んでいるんだけどね、どこだろう」

「いいえ、お教えするほどのところじゃないんですよ」

「企業秘密かね」

私の狂気が、さりげなく燃えあがった。

翌朝起きると、すぐに自転車で家を飛び出した。胸の中に青い炎がめらめらと揺れている。桜台の和菓子を次々に訪れて、少しずつ菓子を買い、試食してみようと思う。あの餡を作る店を突き止めたい。突き止めて、汁粉屋をやろうというわけではないけれど、とにかく思いたったらやめられない。

自転車で走っているうちに、頬にしずくが流れた。雨が降っている。

朝といっても、もう昼近いが、道が閑散としていて、商店も戸を閉めているところが多い。それで日曜日だと気がついた。

けれども走りだしてしまったものは仕方がない。はじめに、汁粉屋風だったが和菓子も売っている店に寄って買った。走りながらその一つを口に入れてみる。ちがう。

定休日の店もあったが、とにかく開いている店は一軒残らず、といっていいくらいに寄った。

そう簡単にみつかっては面白くないが、それにしても、皆ちがった。この日だけで六、七軒寄ったことになる。

家に戻って小さな包みを膳の上に並べると、カミさんが呆《あき》れはてた。

「なに、喰わないで捨てちまえば同じことだ」

と私はいったが、一個乃至半分は喰べているから、相当に喰ったことになる。

翌日も、訪れそこなった店を廻った。私の口の中は、甘い唾液でにちゃにちゃになった。しかし、無い。

女主人がいいかげんなことをいうはずはないが、どうしてもみつからない。

桜台ばかりでなく、練馬区全体、いや、全都内を探してみようか。私の狂気はいつもさりげないから、狂っているところを他人が見ても、べつに怪しんだりしない。

しかし、そうやって自転車で走り廻っているうちが狂気の華《はな》で、私もとうとう極北の地に行きついたという気持ちがする。

あつあつのできたて姐ちゃん

毎度小うるさくて恐縮だが、私はナルコレプシー（睡眠発作症）という持病があって、寝ようとするとあまり深く眠れないが、そのかわり起きていると間断なく眠くなる。道を歩いていても、食事の最中でも、コトリと眠ってしまうことがある。

特に、仕事をしようと思って机の前に坐ると、猛烈に眠くなるのである。

某日、机の前で居眠りをしていると、電話が鳴った。雑誌「潮」の編集部からで、目次を作るのだから題名だけでも先によこせという。目次は早く印刷にかけなければならないのは知っているけれど、そのときまだ別の雑誌の原稿にかかっていて、こちらの方まで手が伸びない。催促が再三再四あって、結局は時間きざみになり、もう三十分待ってくれ、といった。

その間に睡眠発作がおこって、題名を考える間もあらばこそ、この病気特有の幻視幻覚など現われ、夢魔の世界を逍遥《しょうよう》し、あいまいなところにもうろうがかかったような頭で、電話を受けた。

そうして私は突然こう叫んだ。

「――あつあつの、できたて姐《ねえ》ちゃん!」

私も驚いたが、受けた方もびっくりしたかもしれない。あつあつのできたて姐ちゃん、とは何であるか。そういう夢でも見ていたのであろうか。

ともあれ、電話を切ってしまったのだから、それが題名となって目次が作られてしまったのである。

それで今回は、〝あつあつのできたて姐ちゃん〟という題名で、原稿を書かなければならない。なんともどうも、ひどいものであるが、ナルコレプシーのせいである以上、やむをえない。やむをえないけれども、こういう題名で文章を書くということは、我ながら情けない。

昔、といっても大昔だが、私がまだ二十代の頃、あちらこちらのマイナーな雑誌に、勉強がてら娯楽小説を書かせてもらっていた。というと体裁がいいが、ばくちばかり打ってごろごろしているので、他人に、

「あんた、商売は何――?」

と訊かれても答えにくい。それで、一ケ月に一本でも二本でも、小説を書いていれば、

小説家でございい、と、まアはっきりいえなくても、著述業ぐらいのことはいえる。

当時はまだ、月のうち二十五日くらい、昼は競輪、夜は麻雀、と浮かれている頃だったから、楽しいばかりで、小説なんぞに身を入れるわけはない。

それで編集者と約束しても、〆切なんぞ忘れているし、全然机に向かうなんてこともない。編集者の方も、私に関するかぎりはあきらめて、出張校正の時期までは放っといてくれる。もう小僧っ子でまるっきり無名のアルバイト小説書きがそうなのだから、言語道断で、私は非常に運がいいというのか、そもそものヒヨコの時分から、売込みの経験もないし、〆切に間に合わしたことも一度もない。

どうしてそれで通用してしまったかというと、編集者をまずばくちにひっぱりこんで、日夜一緒に遊んでしまうからである。編集者が原稿を催促しようと思っても、四六時中一緒に居て遊んでいるのであるから、仕事をしてないことは眼に見えているし、催促のしようがない。

いよいよ校了間際になって、ページが何ページあいているから、このスペースで一丁やってくれよ、なんていわれて、おいきた、と印刷屋に出かけて行く。それでひと晩、徹夜をして、いいかげんなものを作ってしまう。

だから私は、当時から、東京じゅうの大小の印刷工場をあらかた知っていた。小さな町工場に行くと、原稿を書く部屋がふさがっていたりして、工員が活字をひろっているそばで立書きしたりする。一枚できるそばから工員が持っていってしまって、もう書直するヒマもない。筋を考える余裕はないから、出たとこ勝負で、早ざし将棋みたいな書き方をする。

それが習い性となって、今でもストーリイなど考えたことがない。何か書きだしてしまって、それからなるようになっていってしまう。

それはまアいいが、当時は、次号予告というものが、前の月に題名をきめて雑誌に発表してしまうのである。

もちろん何も考えていないけれども、喫茶店で編集者とお茶を呑みながら、実にいいかげんな題名を、何か考え深そうな顔つきで、口から出まかせにいうのである。

そうして、私のようなぎりぎりまで書かない者は、しようがないから先に場面の説明をして、挿画を作っておくのである。これを絵組といって、画家は原稿無しで絵を書くというはめになる。私などはそのときになってもまだでたらめなことをいっている。

あるとき、次号予告に、〝片眼片腕片えくぼ〟という題名がのった。時代小説で、他ならぬ私がそういったのだから、誰に文句のいいようもないが、これには困った。

〝夕月〟とか、〝晩春〟とかいうのなら、なんとでもなる。内容が具体的にあらわれている題名は拘束されてやりにくい。片眼、片腕、片えくぼ、丹下左膳みたいな題名で、丹下左膳にするわけにはいかないのだから困る。しようがないから、絵組のときも、片眼を斬られる場面、片腕になってしまう場面、そして女と抱き合っている場面を指定した。

まことに無責任だが、とにかく一昼夜で八十枚ばかりの小説を仕上げてしまったのだから、私も若かったのである。

これにこりて、以後、慎重になったかというと、三十年もたつのにまだ同じようなことをやっているのだからあきれたものである。

アイスクリームは冷菓だから、夏の喰べ物と思いがちだが、だらだら汗をかいて、あんなねっとりと甘ったるいものを口に入れたら、よけい喉《のど》がかわいてしまう。

アイスクリームは、あれは冬のもので、あったかくした部屋で、身体をほてらしておいて喰べるのが美味い。

私は牛乳が子供のときから嫌いで、どうしてもそのままでは口に入れることができない。では、アイスクリームは駄目だろうと思うと、さにあらず、うまいアイスクリームは大好きだ。

私にとって、うまいアイスクリームとは、牛乳の臭いが卵の匂いに押しまくられて、隅っこの方に逼塞《ひっそく》しているようなものである。牛乳を使っていなければ完璧によろしい。だから、アイスクリームといいたくない。アイスカステラとか、カステラシャーベットとかいってしまえばいい。

非常にむずかしいことをいっているようであるが、そうでもないので、フランスでいうパルフェというやつは、牛乳を使わない。もっとも、生クリームは混ぜるけれども。

生クリームは牛乳の脂肪分を分離させたものだから、仇《かたき》の息子のようなものだけれども、普通のアイスクリームは牛乳と生クリームと両方入れるのである。パルフェは息子の方しか使わない。これだけでも気持ちがいい。

日本では、いわゆる市販のものは、衛生上の見地から、卵を使ってはいけないことになっているらしい。すると、ホテルや高級料理店で出す手作りアイスクリームはのぞいて、普通の街で喰べるものは、牛乳のかたまりを喰っているようなものだ。

アイスクリームは実に簡単に家庭で作れる。この頃は機械まで売っているようだ。アイスクリームだの、マヨネーズだの、ドレッシングだのを、市販のものを買う主婦が多いようだけれども、だから女の舌は信用しない。これは牛乳の好き嫌いの問題ではない。

パルフェというのは、こってりとしておいしいアイスクリームだから、牛乳好きの方もぜひお試しねがいたい。これも家庭で簡単にできる。

ほぐした卵黄にガムシロップを混ぜて泡立てる。別に生クリームを泡立て、両者を混ぜてバニラエッセンスと甘い洋酒を少し加える。それで弁当箱の中に入れて、冷蔵庫の製氷室で固めればよろしい。

フランス人はアイスクリームやシャーベットが好物らしく、街の至るところに、サーティワンを大衆的にしたような店があって、色とりどりの品物を売っている。街角の露店も多い。またあれが、安物でもうまいんだな。

フランスに限らず、アメリカでも、アイスクリームは美味い。湿度のすくない空気のせいであろう。特にレモンシャーベット、あれは甘ったるくなくてよろしい。フランスというとすぐに、夏のレモンシャーベット、冬の焼栗を思い浮かべる。私は街角ですぐ喰える喰い物が好きなせいもあるけれど、焼栗はロンドンのもうまいな。北ヨーロッパは森林が多いから、木の実はいずれもおいしい。

しかし、アイスキャンデーというのはあまり見かけないな。どうしてだろう。この前、南太平洋のニューカレドニアに行ったら、ここでは棒にさした日本風アイスキャンデーを売っていた。

日本風アイスキャンデーというけれど、棒にさして、丸い筒型の型にはめて作りながら売るアイスキャンデーを思い浮かべるのは、もう相当の年輩の人に限られるのではないだろうか。

近頃のアイスキャンデーは包装紙にくるまれて、アイスボックスの中に並べられている。なんだかひどく安いけれども、あまりうまくない。

大阪のミナミの盛り場のところどころに、〝北極〟というチェーン店があって、ここでは棒にさして古典的アイスキャンデーを売っている。心なしかうまい。私は大阪に行くと、いつもここでアイスキャンデーを買って、なめながら歩く。


外は木枯しが吹いているというのに、冷菓の話ばかりしていて恐縮だが、世の中が進んでなんでも美味になったかというと、必ずしもそうでないのが面白い。アイスキャンデーなどは、昔の方がよかった。市販のアイスクリームもそうだ。これは記憶が美化させているだけではないと思う。

昔は露店の駄物が充実していたな。今、お祭りなどで夜店が並んでも、皆、一様のものばかり。組織の末端みたいな兄ちゃんが売り子になって居るだけだ。

昔の夜店ってのは、あんなにしらけた感じじゃなかったね。特にすごかったのは靖国神社の春秋の大祭のときだった。見世物といい、香具師《やし》といい、あれは全国から選抜軍が集結していたのであろう。

もう、神社なんかどうでもいいのである。参道の両側にズラリと大テントをかけた見世物が並ぶ。本式のサーカスあり、オートバイ曲乗りの仮設円形グランドあり、曲馬団あり、猿芝居や犬芝居あり、蛇娘や人喰いターザンなどの因果物あり、それでそれぞれにジンタがついて、騒々しく、刺激的にジャカジャカやっている。

テントの前には各一座の芸人たちがたむろして見物客を引き寄せている。曲馬の女の子で美少女が居てね。小学校の上級生に全校憧れのまとだった美少女が居て学芸会のスターだったが、それより可愛《かわい》く見えた。私たちは当時の少年少女小説に似せた悲しい物語を想定したりして、テントの前で半日くらい眺めていたりした。

九段から神保町の通りは露店がずらっと並んでいる。もう一つの飯田橋に抜ける通りも露店が出るが、面白いのはこっちの通りで、さまざまな個性的大道商人が見られる。

大道商人とか、香具師とかというより、大道タレントだな。皆、三十年、四十年ぐらいの年季が入っているだろうと思える人たちばかりで、毎年、場所もきまっておなじみの顔が出ている。名前は知らないが、私の方で勝手にニックネームをつけているのである。

〝ね、か、よ〟のおっさん、という人が居た。漫画のノンキな父さんみたいに鼻が赤くて、やっぱり似せた帽子をかぶっている。商品は手品のネタであるが、

「——鼻の油をチョトつけたれば、アレ、たまげるじゃ、ね、か、よ。あきれるじゃ、ね、か、よ。このハンケチから——」

という具合に独特のイントネーションでタンカ売をする。

喰べ合せ、というタンカを使う薬売りは、ふだんは神楽坂《かぐらざか》の夜店だが、靖国神社の常連でもあって、鰻《うなぎ》と梅干しを一緒に喰うと、胃袋がなめくじみたいにトロトロ溶けちまう、とか、天ぷらと西瓜《すいか》を一緒に喰うと、大きな音がして胃腸が破裂した人が居る、とか、大変だ、大変だ、とおどかして売る。

水糊《みずのり》を先に筆で紙につけておいて、色のついた砂をかけ、砂絵を描く人。筆を口にくわえて立派な字を書く人。右手と左手を同時に使って相似形を描く人。指笛でメロディを震わせる人。何にも買わなくても、実に見あきない。

今、ディズニーランドというけれど、あれはいつもやっている。お祭りは春秋の三日間ぐらいだから実にまちどおしいのである。

そうして道ばたの喰べ物。ソース焼きソバ、カルメ焼、綿飴、豌豆豆《えんどうまめ》、ハッカパイプにつめるレモンの粉、なんだか中みのわからないフライ。あの揚げたてをソースにじゃぶっとつけて喰べるのが忘れられない。

こちらは小遣い銭をたいして持っていないから、あれもこれもは喰えないけれども、

「アツイよ、アツイよ――！」

「さっ、できたて、できたて――！」

がやがやざわざわ、埃《ほこ》りにまみれていつのまにか何か喰っていて、あの埃りがうまいんだという説もあるけれども、今の警察病院の前のあたりにいつも出ていたソース焼きソバの屋台が、ひときわ声のよくとおる女の人が居ていつも繁昌していた。日本風の面長美人だがなかなか鉄火な女性で、順番より先に手を出したりすると、

「ズルは駄目――！」

なんて叱られたりする。それも戦争が烈《はげ》しくなってきて物価統制で、だんだん喰い物が不自由になってきて、焼きソバ屋が鉄兜《てつかぶと》のおもちゃを売ったり。

それもとうとう廃止になってしまった。あの人たちはその後どうしたろう。何十年も年季を入れて、大道の華だった人たちだけに、転職もままならなかったのではなかろうか。

たった一人、声のよくとおるお姐ちゃんは、戦後、神田駅前のヤミ市に出ていた。

「さア、アツイから、アツイから、呑んでってよ、アツイよ――！」

その声をきいたときのなつかしさ。人波をかきわけて近寄っていくと、サッカリン入りの色のついたレモン水を売っている。

「さア、アツイ、アツイ――！」

「なんだい、氷水じゃないか。これがアツイのか」

なんて人が居ると、

「今日は暑いから、呑んでってよ」

相変らず元気なところが取柄だった。

フライ屋風来坊

　ある夜、矢野誠一さんから電話があって、

「名古屋で一日、落語会をプロデュースして、ついでに大阪へ行って、松鶴さん（笑福亭）と会って来ます」

　という。

「ははア、面白そうですね」

「志ん朝も大阪に居るはずですよ」

「なるほど――」

「三田純市もまじえて呑もうといってるんです」

「面白そうだな」

「じゃ、行ってきます」

「――ちょっと待ってください」

面白そうなことがどこかであって、じゃ、行ってきます、と念を押されると、行ってらっしゃい、とすましているわけにいかなくなる。どうもこれが私の年来の持病のひとつであって、日常、厳に自戒しているから、近頃はあまり軽腰にならない。じいっ、と我が家におちついている。あまり家に居坐っているので、カミさんがうるさがって、外で仕事しろ、どこかへ行け、といってしまうがないくらいである。

以前はそうじゃなかった。以前というものは、実にどうも、惨憺《さんたん》たる以前で、夜中に六本木に居たら誘われて愛知県岡崎に行き、名古屋に出、広島に行き、ついに北九州小倉の競輪場に行ってしまったことがある。

もっとも、この前、名古屋で長門裕之さんと一緒に居て、マージャンのメンバーが一人足りないというので、あれこれ探したあげく、試みに沖縄の歯医者さんに電話をしたら、その人が沖縄から飛行機に乗って駈けつけてきたということがある。世の中には、誘われればどこまでも来るという人も居るのである。

しかし、私はもういい年で、いつまでもそういうことばかりしていられない。とにかくどっしりと、坐るべきところに坐っていなければならない。

ところが、考えてみると、大阪には、ちょっと行ってこなければならない用事もあるのである。急用ではないが、道連れがあれば、道中にぎやかに行った方がよい。

「新幹線ですか」

「ええ、土曜日の二時には名古屋に着いて居たいので、昼前にこちらを出て――」

「それで、その晩のホテルは――？」

「Mホテルと思いますが」

「それじゃア、都合がついたら僕も大阪へ行くかもしれません」

「へええ、そりゃア面白い。ぜひそうしたいものですね」

そうして、矢野誠一さんが、土曜日、新幹線に乗るべく東京駅に行ったら、そこにちゃあんと私が居たのである。

良心の呵責《かしやく》を仕事道具を詰めこんだバッグの重みに託して、

「寸刻を惜しんで原稿を書きながら旅をすれば、神もまた許されるかもしれないから」

名古屋には私は用事はない。が、矢野さんとつるんで出て来た以上、矢野さんにおつきあいをしなければならぬ。そこで名古屋の中日劇場の楽屋に行って、仕事をするどころか、落語の師匠連とよもやま話にふけってしまう。

そうして落語会が終って、ホテルに部屋をとると、風呂にも入らず、むろん仕事などせず、

「腹がへったね」

「今日はまだなんにも喰べてないものね」

「どこへ行こうか」

「さあ、名古屋はねえ――」

矢野誠一という人が、実にうれしい健啖家《けんたんか》で、陽気にしゃべり散らしながら、いつどんなときでも、うまそうにパクパクと喰いまくる。それで少しお腹が出てきたけれども、くよくよ反省したりしない。

「喰わなきゃ、生きてられないから――」

「まったくだね」

「元気なうちに、喰っとかなきゃ」

「本当だ」

「名古屋はしかし、どうも喰い物はよくないところですねえ」

昔は、鶏《かしわ》が名物だった。ふぐ料理屋もけっこうあったし、栄町あたりの裏道には小体《こてい》な呑み屋も多かった。今は、ふぐも、高いばかりで駄目な由。

しかし、これはどこでもそうだが、たまにチラリと来る旅人《たびにん》が、街の上《うわ》っ面《つら》をなでてみるだけでは、実体はまったくわからないのである。

その街のうまい物屋は、土地の人に訊くべし。

劇場の人たちがよく行くらしい〝スクール〟という、テレビ塔附近のスナックに入って、そこのママに訊いた。

「――ウーン、名古屋はねえ、おいしい店っていっても、ないわねえ」

「そうかね」

「ホテルの中の店なんかが、無難なんじゃないかしら」

土地の人がこれでは、とりつくしまがない。しばらくそこで呑んでいるうちに、ママがふと思い出したらしく、

「汚い店でもいいの」

「汚い店けっこう、むしろ美味そうだね」

「ラーメン屋に毛の生えたような中華屋さんよ」

「なんでもいいよ」

「野球選手がよく行くのよ」

「あ、それはいい。信用できる。ぜひそこを教えてよ」

野球選手は総じて健啖家で、まずい店には絶対行きそうもない。

今池の、とある横丁をまがった、〝味一番〟という店に早速行った。カウンターだけで、なるほどラーメン屋のような恰好の小さな店だ。

最初にアサリの味噌だきのようなドンブリが出て来た。ひとくちすすって、美味い、と矢野さん。にんにくの利いたいかにも野球選手の好みそうな味だが、なるほど美味い。そのうえ安い。

それで本格的な姿勢になって、次から次へと皿を頼んだ。矢野さんはよく喰う。私も、矢野さんにおつきあいして、名古屋に来た以上、負けてはいられない。

何と何と何を喰ったか、おぼえきれないほど喰って、最後のラーメンは、さすがに店の人が、見るに見かねて、ソバを軽めにしましたから、といった。

しかしどの皿も微妙に独特で、面白い味になっている。やや若向きではあるが、こういう店は誰かに教わらなければ、絶対に通りすぎてしまう。

大阪に行って、三田純市さんと落ち合ったとたんに、昨夜の店の話になった。我々は、まずのっけに、非常に大事な話をするのである。

「そういえば、この前、名古屋で三人会ったときは、ホテルの裏手の河岸《かし》に朝飯を喰いに行きましたね」

「そう、あれはなかなかオツでした」

「今朝も、河岸ですか」

「いや、今日は日曜だから河岸はお休みで」

「腹がへったなア」

矢野さんはいつも腹をへらしている。もっとも、おつきあいで、負けていない。

「串カツが喰いたいなア」

と私はいった。

「どの串カツ――？」

「梅田の駅（大阪駅）の構内にあった立喰いの串カツ――」

「ああ、ああ、あれ、今でもありますよ」

「ソースをどっぷりつけてね。ところが構内が迷路のようになっていて、どうも串カツ屋のところになかなか出ないんだ」

「阪神の方に行く地下道なんだけど」

「新幹線ができてから、新大阪から車に乗ってしまうんでね。なかなかあの串カツが喰えなくなった」

「ミナミだってあるもの。散歩がてら行ってみますか」

三田さんを先頭に、ミナミの盛り場まで歩いていった。ところが、屋台の大きいくらいの構えで、油で汚れたのれんをたらしている店が、みんなモツ焼きの店になってしまっていて、串カツ専門店が見当らない。

「――おや、変だな」

道頓堀生え抜きの三田さんが首をひねる。

「串カツは流行《はや》らなくなったのかな」

「こんなものにも流行があるのかしら」

ずいぶんうろうろした。以前は、大阪でも京都でも、街の中で喰べたような記憶があるが、妙なことにどこにも無いのである。

〝串の坊〟とか、その種のやや上品な店のフライとは、趣が少しちがう。縁日の屋台で売っているように、琺瑯《ほうろう》の容器にたっぷりあるソースの池に、あつあつのフライをじゅっとつけて喰いたい。そうして残った串でキャベツをつついてパリパリ嚙みたい。

「もう、あそこになかったら、絶望だな」

三田さんは地元の責任を負ったような顔になって、朝日座のそばの横丁に引率してくれた。そこには、のれんに串カツと出ていたが、どうやら専門店ではないらしい。

とにかく入って、三人並んでカウンターによりかかり、串カツを註文する。

おばさんが油鍋に火をつけ、適当なタネで揚げてくれるが、一人前ずつ皿に盛って出してくれるのを、ソースをかけて喰べるのである。

どうも少し、感じがちがう。どっと揚げて油切りの皿に放り出した、まだ油の滴がたれているような奴を、我れ先に手を出して、ソースにじゅッとひたして喰いつくような奴に出会いたい。こういうものは、ほんの少し感じがちがっても、納得しないのである。

「博多の中洲《なかす》の屋台、いいね」

「そう、東京にはあんな屋台、ないな」

「広島のもいいよ。たくさんタネの種類もあって、屋台だって馬鹿にならない」

「大阪も、ガラガラと車をひっぱれるような屋台がへったな」

「街の美観という奴かな」

「名古屋はまだあるだろう」

「新京極はどうだろう」

「どうも近頃は、やくざのおにイさんみたいな人たちの、おっかない屋台の印象の方がこくなったね。三十年、同じところで屋台をやってるなんてのにあまり出会わない」

「——ウスターソースね、近頃一番腹が立つのは、とんかつ屋でウスターソースをおいてないところ」

「そうそう、ウスターないの、っていっても、うちはそこに出ているだけです、っていいやがる」

「とんかつソースっての、好きな人もあるだろうけど、客に好みを選ばせないってのはよくない。当てがいぶちだからね」

とはいうものの、串カツ、お代りした。昨夜、油でぎらぎらしたものを喰べて、それでまたフライがおいしいとはどういうわけか。

この頃、自分の家で、年齢相応、体調相応に、淡白なものばかり喰べているせいだろうか。ここのところは、主治医のセンセイ方には、ぜひご内聞にねがいたいのだが、どうも全体に、喰い物に対する意志がたるんできて、守るべき筋を守っていないきらいがある。

そうして、外に出て、和食にあまり魅力を感じなくなった。対談やなにかの仕事がらみで、高級な日本料理が出てくるところに招《よ》ばれたりするが、せっかくの皿が、あまり美味そうに見えない。

どうして和食というものは、値段ばかり高くて、こう変哲もないものばかりなんだろうか、とすら思う。

油でぎらぎらしたものが喰いたい。

これは、身体がいくらか若返ったのだろうか。それとも、芯から干からびた結果、砂漠のオアシスのように油を求めているのだろうか。

その夜、松鶴さん、志ん朝さん、池波志乃さんなどとにぎやかに呑む。松鶴さん、ティーンエイジャーの女の子に惚れてかよっているそうで、我々との待ち合せ場所も、電気ギターが高鳴っているパブである。

まことにお若い。松鶴さんのティーンエイジャー、私の串カツ、なんとなく、若返りといっても私の方は色気がない。

その翌日、私の用事にからんで会った大阪の知人に、昼メシを〝徳兵衛〟という昔からの洋食屋に連れていってもらった。

この店は、名前だけはとうから私も知っている。レストランではなく、洋食屋である。実にそれらしい物腰をした親爺さんと、やっぱり大阪らしいあいそのいい内儀さんがカウンターの向うに居て、テキパキと働いている。

カキフライでビールを呑み、それからハヤシライスを喰った。

どうも結構で、久しぶりにうまいカキフライを喰う。どこにでもあるようで、うまいカキフライがめったにない。

ハヤシライスも、東京でいう下町洋食独特の、玉葱《たまねぎ》と肉をフライパンでじゃっといためて、デミグラスをからめるというだけのもの。これがまたうまい。いかにもおやじさんの年季を喰べているような味である。

「大阪は、こういう店が随所にあってうらやましい」

といったら、知人曰《いわ》く、

「東京にも見つけましたで。東京駅の八重洲口の地下の名店街がありますやろ。あの京橋寄りの一番端っこ、〝百万弗〟いう喫茶店の向かいに、なんとかいう洋食屋がありますのや、ええと、何いうたったかな」

彼はしばらく考えたが思い出せない。

「あこなら、大阪には負けませんぜ。安うて、旨《うも》うて、何やらいう肉屋がやっとるそうやが、ハンバーグ、トンテキ、ビーフシチュー、なんでもよろしおます。ええと、何やら平凡な名前やったがなア」

東京駅に着いて、早速寄ってみた。さすが喰いだおれ大阪の人の言葉にうそはなく、ハンバーグ、けっこうでした。

店名の看板を見たら、〝東京キッチンスナック〟だったか、〝東京スナックキッチン〟だったか。なるほど、こうも平凡な名前ではおぼえにくい。

ところがこの小旅行以来、私の中で街の小店見直し運動がおこって、我が家の周辺でも一軒みつけた。練馬区中村南の〝銀華〟という、これも平凡な名前の店。

目下、自分の家のものはろくすっぽ喰わずに、この店にばかり通っている。考えてみると、知らないと素通りしそうな小さな良い店が、どこの街にもありそうで、水戸黄門ではないけれど、全国の横丁を行脚《あんぎゃ》して歩きたいような心境である。

甘くない恋人たち

酒は呑まない。

たとえ酒場には行っても、呑まない。静かに茶を喫したりしている。当今の都心の酒場では、呑んだ量でなく、店に居る時間で値段をとるところが多いから、酒場の方も迷惑がる気配はない。

それでなにが面白いかといわれるが、私が都心に出るのは、××賞の授賞式とか、出版記念会に出るということが多いから、自然に知人の誰彼に会い、連れ立ってどこかへ行こうかということになる。

パーティでは呑まず喰わず、酒場でも呑まず喰わず、それで家にたどりつく頃にはけっこう酔っている。思うに、帰り道で油断して一、二軒寄ったりするからであろう。

どこかが帰り道であるか、その点を一再ならず反芻《はんすう》する必要あり。

もっともね、アルコールを我慢していることによって生じるストレスも、やはり肝臓にわるかろう。呑んでもよくないが、呑まなくたって心臓にはわるい。それで進退きわまったと考えるか、同じことなら呑んじゃおうと考えるか、その二つしか道はない。

ところがある夜、わが家に、非常に魅力的な新説を唱える客人が現われた。NHKのプロデューサーで、コントの類も書く滝大作という御仁である。

しげしげと私の突き出た腹を見て曰く、

「──まだ、食が足りないのじゃないですか」

そのときには六、七人の客人が居たのだが、一瞬、一座が静まった。

「いやねえ、節食していると肥るんですよ」

音声が静かだから説得力がある。

「そういえば、以前ほどは喰べないし、喰べられなくなりましたね。肥りだしてからは、人が思うほど喰べないんですが」

「それはね、ちがうんです。喰べなくなったんで肥りだしたんです」

「ははア、そうですか」

「そうだねえ、高平君」

高平哲郎さんもうなずいて、

「そういうものらしいですよ」

ご両人ともまんざら冗談をいっているようには見えない。

「私もねえ、少し肥りだしたんで、前よりよけいに喰べるようにしてるんです」

「なるほど。そうすると、どのくらい？」

「ステーキなら一キロですね」

「一キロ――」

「四百グラム、四百グラム、二百グラムと、三切れです。ベリレアですがね。御飯と一緒に」

「ははア、御飯とね」

「米の飯がなくちゃいけません。米は野菜ですから」

「まったくだ。米はうまいからなア」

「それが朝食です」

「――朝食か。そうすると昼は」

「昼はくだらない。外食ですから、おはずかしいです」

「なるほど、ソバかなにか」

「最低三種類は喰べますがね」

「三種類ねえ」

「ハンバーグライスと、五目焼きソバと、エッグサンドとかね」

「ははア——、で、夜はどういうことに」

「酒です。これはもう、酒一本槍」

「なるほど」

「夜食に、フランスパンをかじったり、お茶漬くらいは喰べますがね」

「——それで、痩せましたか」

「痩せ細るまでは、まだいきませんが」

「僕も昼飯は、三種類ぐらいは喰べますよ」

と高平さんもいう。

「朝はナシです。夜は酒だけ。そのかわり昼に、どかどかっと一日分喰います」

高平さんはまだ三十代だが、滝さんはちょうど五十歳の由。

「やっぱりねえ、中途半端に喰ってるのが、一番肥りますね」

本当かなあ。

もし本当だとすれば、この新説は、人類の幸福に非常に貢献する大発見である。ノーベル平和賞をその人にさしあげるべきだ。が、しかし、私はまだちょっと首を傾《かし》げたままの姿勢で居る。

この頃物忘れがひどくなって、これから記そうとする店の名前がまず思い出せない。店の電話番号がわからないから、どこへ訊くというわけにもいかない。さして特長のない平凡な名前で、ふだんはちょいちょい口にしているのだけれども、必要が生じるとこういうことになる。どうもじれったいが、こういうときに思い出す手がかりのようなものさえつかめない。

だから、おおよその場所を書こう。石神井《しゃくじい》公園から南に向かって新青梅街道にぶつかる道の左側に、一軒、かなり大きいからまちがうことはないと思う。ケーキの店だが喫茶部もある。

近頃、どこの街にもケーキ屋が氾濫《はんらん》している。あれはよっぽど儲《もう》かる商売なのかしら。夜とおりかかってもショーウインドウの中に満艦飾のようにケーキが並んでいる店がある。あのケーキをまた明日売るのかな。捨てるとすると、よっぽど儲からなければ合わない。こういう店は、どこかのメーカーで作られたものを、ただ売っているだけである。

私の子供の頃は、三河家に代表されるごく庶民的な餅菓子の店が至るところにあって、ダンゴや金《きん》つば、大福、それに稲荷鮨や蜜豆などを売っていた。ああいう店は小なりといえども、自分のところで作っていたようで、木箱を肩にして奥からできたばかりの菓子を運ぶおかみさんが、いつも小忙しそうだった。

私の年代以上の人は、だからこうしたアンコ菓子が一様に好きである。そうして娘や息子が喰う近頃流行のケーキに、いくらかの反感を持っている。

私もその一人であるが、もっとも私は無定見なところがあって、ケーキもおいしいものなら素直にパクついてしまう。

ところで、近頃なぜか、レモンパイというやつをあまり見かけなくなったな。チーズケーキにすっかり押されてしまった。甘みを押さえたうまいレモンパイが、喰いたい。

街に氾濫するケーキ屋さんが、あまり有難くないのは、べたべた甘すぎるのが一因ではないかと思う。もっともこれは少数意見かもしれない。大勢がしつこい甘さを好むからだろうし、外国に行くと、こんなものではない。ぞっとするほど甘い。

街で買えるケーキでは、ホテルオークラのものが、やはりよかった。これは定説のようになっているから私が記すまでもない。このオークラ出身のフランス人の菓子職人が六本木に出した〝ルコント〟といったかな、ここもオークラ風だ。それから青山の紀ノ国屋の前を入ったところの〝クドウ〟、これは鶴見に本店があるそうだが、なかなかうまい。

けれども、本当にうまいと思うのは、レストランの手作りのケーキに多い。どこのでも、というわけにはいかないが、ちゃんとしたレストランならば、それぞれ丁寧に作ったケーキ類がある。総じて甘くない。甘くなくて、甘味の持つこってりした味わいを満喫させてくれる。たいがいのレストランは、昼間行けばケーキとコーヒーだけでもいいはずだ。

私の住んでいる近辺でいうと、前述の石神井の店、それには及ばないが水準以上の店が椎名町の私の好きな〝翁《おきな》〟というソバ屋さんの並びにある。

某日、その〝翁〟にソバを喰いに出かけた。いつもは自転車で三、四十分のところを汗をかいて行くようにしているのだが、今日は魂胆があるからそうしない。ソバを喰って、返す刀でタクシーに乗って石神井まで行き、例の店のケーキを買って帰ろうというのである。ケーキはカミさんが好きだから、カミさんのためにという大義名分がある。

洋梨のタルトを二つ、赤いフランボアーズを二つ、シュークリームを二つ、チーズケーキを二つ、二人で喰べきれないが、来客があるといけないという変な考えが出てくる。

帰ると、たしかに来客はいたが、弟夫婦で、TBSの地下の〝トップス〟のチョコレートケーキを土産に持ってきた。カステラの大きな折ぐらいのやつで、切りとって喰べる。

「俺、これ好きなんだ。甘ったるくないよ」

と弟がいう。たしかに甘ったるくはなくて、このチョコレートケーキは大勢のファンを持っている品物だが、今、石神井のケーキを喰おうという出鼻を挫かれて先取点をとられたようで、あまり面白くない。

「肥りそうだな」

「ケーキは肥らないぜ」

　と弟も妙なことをいう。

「肥るのは水さ。水さえ呑まなければ大丈夫だ」

「お前が肥らないのは、水を呑まないせいか」

「とにかく、水は危険だ。もしどうしても呑みたけりゃ、小便をしてからにしろよ」

「酒を呑むだろ」

「いや控えてるよ。味噌汁も実だけ喰うんだ」

「カレーライスはどうする」

「飯だけ喰うさ」

　なんだかよくわからない。この頃は皆が、新説異説を唱える。

　そこへ珍しい友人が来て、しかも、またチョコレート菓子を持ってきた。これはケーキでなく、本物のチョコレートで、カステラ一本分くらいの大きさ。中にマシュマロやナッツやくるみなどが散り入れてあるが、ナイフで切ろうとしてもなかなか力がいる。

　これが、うまかった。当夜で一番美味いといってもいい。チョコレートの質が上等で、甘みもよく押えてある。

芝白金の方の〝エリカ〟とかいう店で、知る人ぞ知る、クリスマスのときなどは予約だけですぐ売り切れになるとの由。値段はきかなかったが、安くはないね。数千円か。五千円まではしないかな。

「――彼女に、今度、贈ってやりたいな」

といったら、カミさんがすぐにわかって、

「ああ、あの人でしょ――」といった。

その彼女というのは、親しくお近づきを願っている某女優のことである。盛りの頃は男性ファンが多かったし、今でも男たちの話題にときどき出てくる。現在、夫君と幸せで、その夫君も名を記せば大方ご存じの人だ。

話題が話題だし、女優さんのこととて、ここでは名を記さない。かりにA子さんとしょう。彼女はまことに聡明で、快活で、知的で、洗練されていて、もちろん美しくて、私の知る女性の中での最高の一人である。

A子さんがチョコレート好きだ、というのは外国暮しの経験者だから不思議はないが、しかし特筆すべきはその食欲なのである。チョコレートに限らない。なんでもよろしい。喰べ物全部が好きだ。いや、喰べることが大好きなのだ。私は素直に賛嘆し尊敬するが、こう記すと笑う人が居るかもしれない。それで名を伏せたわけだ。

昨暮のクリスマスイヴに、A子夫妻と私ともう一人A子さんの女友だちと、あるホテルで食事した。その夜はA子夫妻が招いてくれたので、A子さんに献立をまかせる。彼女のペースで喰べ物が運ばれてくれれば、ダイエットなどという言葉は口が腐ってもいえない。私もその夜は、心ゆくまで喰べるつもりで、ご機嫌で席に坐っていた。

まずドライシェリー。それからワインで生牡蠣《なまがき》を楽しんだ。魚のテリーヌ。エビやイカや貝がごってり入った大皿一杯ずつのサラダニソワーズ。四百グラムのステーキ。サーロインの脂みをさいの目に小さく切って、A子さんはちゅうちゅう吸うようにうまそうに喰べつくしてしまう。それからニンニクライス。チーズ。デザートのケーキ。ソルベ。コーヒー。

満腹して、六本木へ出よう、ということになり、高樹町の外人うたごえ酒場みたいな〝ランプライト〟に行った。オーナーの有福《アリ》さんにピアノをひいてもらって、我々は生ビール、女性連はジンジャエール。

隣のテーブルで外人が喰べていたピッツァを眺めて、A子さんがいった。

「あれ、ちょっと喰べたいわね」

誰も、べつに驚かない。大体これが普通のペースなのである。こう記すと、A子さんがただ喰い意地がはってるだけのように思われるかもしれないが、一度、彼女のものを喰べる様子をお見せしたい。

太宰治の『斜陽』という小説に、ヒラリ、ヒラリ、とスプーンを使ってスープを呑む上流婦人が出てくるが、A子さんが一度食卓につくと、卓の上のものが、ヒラリ、ヒラリ、と身をおどらせるようにして彼女の口に入ってしまう。こんなにものをおいしそうに喰べる人を私は見たことがない。

半分、誰か手伝ってくれないかな、といいながら、彼女はピッツァを一人でたいらげてしまった。そうしてアメリカなつメロを、外人と一緒に唱和している。英語の歌詞をスラスラ唄う記憶力がすごい。

ついでながら、以前、卓の物を喰べつくした彼女が高いハイヒールのままジルバを踊ったが、まことに見事で迫力があった。

それから六本木に出て、〝西の樹〟というこれも独得な準ゲイバーで、オーナーのクリちゃんと遊んだ。ここでは搗《つ》きたてだというからみ餅が出てきた。

それから、〝寿司長〟の若い衆、山ちゃんが独立した〝纏鮨《まといずし》〟に行った。ここはうまいが高い。高いが、しかし美味い。夜おそくやっているので、愛用する人は愛用する。A子さんの夫君は呑むと長い。私も夜は平気。だから、会うといつも、この種の店に吹き流れてしまう。

「いらっしゃい。今日は昆布じめのいいのがありますが――」と山ちゃん。

「そうお、それ、貰おうかしら」とA子さん。

「――君、いいけどね、適当にしときなさいよ。腹も身の内だよ」と夫君。

「そうなのよ。この頃、少し肥りだしてきちゃってね。自分じゃセーブしてるつもりなの。でも、夜中のうどんがいけないのよね。夜中にうどん一わ喰べる癖がついちゃって」

A子さんは顔が小さいから、肥ったような感じがしない。でも、そういわれると、胴のあたりに少し肉がついたかもしれない。

その間にも、昆布じめ、まぐろ、穴子、赤貝、あわび、ヒラリ、ヒラリ、とA子さんの口におさまる。

鰺《あじ》、あわびの肝《きも》、ねぎトロ、鳥貝、げそ、梅じそ巻き、ヒラリ、ヒラリロレロ、である。

「ああ喰べた。あたし、いくつ喰べたかしら――」

「今日はまだすくないですよ。二十六個」

NHKの滝大作さんの新説をきいたのはそのあとである。だからまだ彼女には伝えていない。

しかし私は伝えるのをややためらっている。もしかすると彼女は彼女なりに、あれでも、節制して過食しないようにと心がけているのかもしれないからである。その彼女に、過食すれば肥らないと伝えたら、安心して心ゆくまま喰べ出すかもしれない。するとどういうことになるのだろう、と思うと、私は尊敬が深まると同時に、なんだか空恐ろしくもなるのである。

向う横丁のたばこ屋の

〽向う横丁のたばこ屋のオ、かわいい看板むすめエ、年は十八、番茶も出花ですてきじゃないかア――、

という唄が、私の子供の頃はやって、岸井明と高峰秀子が私どもの小学校の同窓会の余興で唄ってくれたのを、今もっておぼえている。高峰秀子が番茶も出花にふさわしい年頃だったから、戦争中で、しかしその戦争もまだ勝ちいくさだった頃のことであろう。

私は中学生で、あとにもさきにも同窓会というものにこれ一度しか行ったことがないけれど、会場は九段の軍人会館、小学校の同窓会にしては、なぜか豪華なメンバーの余興が盛りだくさんにあって、前記のご両人はじめ、柳家金語楼、徳川夢声、花柳かつら、並木一路、内海突破、灰田勝彦、渡辺はま子など東宝吉本系のスターがたくさん出てきた。当時名子役として人気のあった中村メイコがこの小学校に在学中だったので、あるいはその線からの動員だったかもしれない。

もっとも、私たちは、余興よりむしろ、一別以来の同級生と交歓したかったのであるが、皆、客席に坐りっぱなしで、プログラムの進行をみつめているばかりで、わずかに休憩時間にあわただしく元級友の顔を探して、微笑しあったりするのみだった。

今日ならば、多分、こんな形はとらずに、カクテルパーティ式にして、それぞれの歓談が主になるのだろう。

楽しみというものが、当時は、上等な演芸を見るというような形で代表されるような概念があった。だから主催者も、どうだ、この豪華メンバーを見ろ、と誇らしげな顔をしていたと思う。

当今は、テレビが、すっかりそういうものを駆逐してしまった。

向う横丁のたばこ屋の娘なんて存在も、もう居ない。自動販売機だし、わざわざ店頭に立っても、耳の遠そうな老人がごそごそと出てくるだけだ。ちょっと可愛い娘は、そんなところに居ないで、もっと自分が評価されそうなモダンな職場を見つけてしまう。

昔は、諸事のんびりしていたというか、素朴でしたな。

私がかねがね敬愛する友人が居て、かりにAさんとしておこうか。とてもいい小説を書く人で、以前からそれなりの評価をされているけれども、寡作で、何年にひとつというくらいしか発表しないから、このいそがしい世の中にマスコミの表面から忘れられがちになる。まじめな人で、自分の筆名ではいいかげんな雑文を書かない。年齢とともにそういうピュアさが深まってきて、作品の発表がよけい間遠になってきた。

私も物書きのはしくれとして、そういう気持ちは実によくわかる。多分、物書きとして、それが本筋の生き方なのであろう。だから心配もしないし、もっと書けなどともいわない。ただ遠くから見守っていて、彼が不滅の作品を残すのを待っている。

Aさんは、まったく自分の名前を出さない記事のようなものをときどき書いて、わずかに生活費にあてている。

ある日、そういう仕事をした帰りに、少し疲れをおぼえて、通りがかりの酒屋の前にあった自動販売機でコップ酒を呑もうと思いたった。Aさんは、ほとんど酒を呑まないといってもいいくらいに、酒がよわい。

硬貨をいれると、紙コップに熱い酒がそそがれてくる。それがコップに溢《あふ》れるようになったが、まだ止まらずに酒が出てくる。

おや、と思って、もうひとつ紙コップをおいてみた。いっぱいになった方のコップで、チビチビ呑みながら、横眼で見ていると、酒があいかわらず出てくる。

新しい紙コップもいっぱいになったので、それをずらして、また新しい紙コップをおいてみた。酒はまだ止まらない。養老の滝のように際限なく出てくるが、Aさんは弱っちゃった。

とにかく一杯のコップ酒でも多すぎるくらいなのである。際限なく出てこられても、自分は呑めない。といって、そのまま放り出していくのももったいない。おりあしくあたりに人は居ない。

Aさんは必死で通行人を呼びとめた。

「これ、呑みませんか」

「――いや、あたしはいそぐから」

「じゃ、歩きながら呑んでください。無料ですよ」

「どうしたんです」

「機械がこわれたらしい。いくらでも出てきちゃうんです」

それでその人も呑みはじめ、二、三人の人が立ちどまって呑んだ。

そうやって、やっとその場をはなれて、国電の駅まで行き、自宅に帰ろうとして、自動販売機に硬貨をいれた。

すると、今度は切符が出てこないのである。都合がわるいことに、帰りの電車賃ぎりぎりしか持ち合せがない。Aさんはまた必死になって、機械を叩いたり蹴ったりした。

「まったく弱っちゃったね。酒がたくさん出たかわりに、切符が出ないなんて――」

Aさんは後日、まじめな顔でそういって吐息をついた。

なんの話をしているのかよくわからなくなってしまったが、もともと話の心棒というものがあいまいなのだから、元に戻そうとしても戻るところがない。

向う横丁の、といいかけたのだったが、そもそも、向う横丁の、という感じが、あるようで、もうない。

以前の東京というものは、山手と下町、というような大ざっぱなわけかたでは律しきれないものがあった。山手とひと口にいっても、屋敷町もあれば商店の並んだ通りもあるし、寺町もある。職人の住む一帯もあるし、長屋もある。それらがいずれも縞状をなして接し合っており、渾然《こんぜん》として一体になっている。

だから、お屋敷も、寺も、職人も、またそれ以下の行商人も、お互いに生活しやすくなっていた。

向う横丁の、という感じで煮豆屋があったり、豆腐屋があったり、大工や左官が居たり、紙芝居屋がそのへんの長屋から出てきたりする。

今は、セブンイレブン、かな。

テレビ見て、セブンイレブンに行って、それですんじゃう。

豆腐屋さんでも、昔は天秤《てんびん》を肩に荷をつくって売り歩いていたが、必ず二、三軒の店が競っていて、ラッパの音でどの店のだかわかる。

とにかく以前は、そういう売り声の気配が小道で絶えずしていたな。

「くずーい、おはらい――」

とか、

「さお屋ア、さお竹――」

とか、

「金魚ウぃ――」

朝早くなんか、

「いわしこい――！」

という威勢のいい声。

「あっさアり、しじみイ――」

「なっと、なっとう――」

まだその他に、羅宇《ラオ》屋のピーィという音とか、かいたい屋（字すら忘れてしまったが、解体屋ではない）のガチャッ、ガチャッという音だとか。

大体、あの頃は上を見ると、空中に何かが飛んでいたな。とんびが大きく輪をかいていたり、遠くの空を大きい鳥が横切ったり、からすや雀や、秋になると渡り鳥が列をなして渡っていくのが見えたし、とんぼ、蝶々の類を含めて、なにか生き物が居た。

今、東京の空は死んだように、何も居ない。

空は、飛行機だけ。

地上は、テレビの音と、セブンイレブンのみ。

私のような五十男は、戦争をはさんで、めまぐるしく近代風に変ってきたプロセスを眺めることができた貴重な世代なのかもしれない。

もっとも、それですべて気にいらないかというと、そうでもないので、よくなったことのひとつは、とにかく下積みの人が減ったのではないかと思う。

おわい屋さんが居なくなった。くず屋さんも居ない。ポリ袋に入れてゴミを出すようになって、バタ屋さんも絶えた。すくなくとも人の嫌がる仕事が、機械化につれてすくなくなった。

以前というものは、まるでそれが運命であるかのように、そういう仕事をひきうけている人が居た。いやいやながらでも、そういうパートを受け持つ人が必要だった。

下積みの職業がすくなくなって、サラリーマンが増えた。ひと口にサラリーマンといっても、ピンからキリまであって、私は新聞が書きたてるように、すべて中流とは思わないが、汚い仕事をする人が減った。たばこ屋の娘がたばこ屋に安住しないで、自分の好む職場に出ていくように。これはとりあえずいいことではあるまいか。

考えてみると、私どもの生活は、下積みの人たちの縁の下の力持ち的な仕事に支えられていることが多かったのである。売り声の人たちや、たばこ屋の看板娘を、街の情緒としてなつかしがるのは、その人たちの辛さを知らぬ者のセリフである。

子供の頃は、くず屋のお爺さんがなんとなく恐ろしかった。道ばたで遊んでいると、籠を背負った老人が、

「くずーイ――」

などと声を発しながらトボトボと歩いてくる。それが、なんとなく、動物が鳴きながら歩いてくるように思えた。今考えてみると、怖がった自分が、気がとがめてくる。

くず屋さんにしても、バタ屋さんでも、あるいは屋台をひっぱって飴《あめ》などを売り歩く人、各種の行商人、それらは総じて老人が多かった。

年をとって、力仕事などができなくなったときの、老人たちの仕事というものが、庶民の知恵として、ちゃんと用意されていたのではないか、という気もする。

くず屋もはじめからくず屋だったのではなくて、年とってから、老人の手間とりにはじめたことで、家に帰れば子や孫に土産を買ったりして、いいお爺ちゃんになっていたのか

もしれない。今、そこらへんがどうなっているのか。

今だって居るにちがいない下積みの人たちは、年をとったときの仕事がせまくなってしまって、からすやとんびと同じく行き場がなくなってしまうのではないのかな。

前にも記したことがあるけれど、椎名町の〝翁〟というおソバ屋さん、まことに名人芸であると同時に、向う横丁の、というムードも残していて、私にとって二重に好きな店になってしまった。

私の家から、タクシーで千円ほど。自転車でも行けないことはないという距離で、いくら気軽な店でも、自宅からあんまり遠いのでは、向う横丁もへったくれもなくなってしまうが、まアとにかく、私にとって貴重な店なのである。

まずソバが絶品である。昔、子供の頃にうまいと思ったおソバ屋さんと同じ香りがする。〝翁〟というのは、栃木県足利市でやっているソバのお師匠さんのことだそうで、店の奥に、お相撲の優勝額みたいに大きい師匠の写真がかざってある。この師匠は〝一茶庵〟系の総帥で、宇都宮と東京九段で息子さんがやっている。目黒にもあるようだが、やはりお弟子さんか。

九段のお店のソバもうまい。山本益博さんも書いているが、東京のおソバ屋さんで、今、

〝一茶庵〟系が一番秀逸だ。しかし〝翁〟のおソバは大体は似ているが、私には微妙にちがう風味が感じられる。

ところがこの店も、今年いっぱいに無くなるらしい。私には貴重な、東京のいいお店が姿を消してまことに残念だ。

〝翁〟の旦那《だんな》は、それでどうするかというと、山梨県のなんとかというところに土地を買ったか借りたかして、ソバを自分で栽培する気なのだそうだ。名人芸のきわまるところ、一から十まで自分の手にかけなければ気がすまなくなる。

ふだんから彼は、ざるソバとか天ぷらソバとかいう名称でなく、作者である自分の名前を冠した何の誰兵衛ソバというのを売ってみたい、といっていたのだが。

「自分で作るといっても、店売りには量としてまにあわないだろうし、その年の出来不出来もありますしねえ、要するに、農業がやりたくなったんですよ」

「ははア、売るんじゃなくて、作る方に力点がかかってきたわけだ」

「ええ、今、店やっててもね、売るのはあまり好きじゃないです」

「ふうん――」

「自分で、今日の粉はどうだとか思ってるでしょ。自信のない日に、お客さんに、うまいよ、っていわれてもねえ」

「ははア、自分の眼しか信用できないか」

「まアね。やっぱり一番気分がいいのは、朝、石臼《いしうす》でソバをひいて、水加減を工夫しながら、ソバを打っていくときですね。粉によって特長がありますからね。相手をなだめるようにしながら、いいきかせながら、ねっていく、そのときがいいんですね」

やっぱり物書きのはしくれとして、私にもそうした名匠の気持ちというものが、わかるような気もするのである。

しかし、山梨県のなんとかというところは、汽車の駅から十何キロ、中央高速のなんとかインターチェンジからやっぱり十何キロという地点で、おいそれとは行けないところらしい。

「夜はまっくらになっちゃうから、店は昼間だけでしょうけどね」

「ふうん。そうすると、お宅のソバを喰おうとすると、泊りがけで行かなくちゃならなくなるなア」

「そうですねぇ」

この、そうですねぇ、という返事が、まことに苦もなく、至極当然という感じで返ってきて、絶句すると同時に、本物の向う横丁の名店に出会った気がして、実にどうも、嬉しくてしようがないのである。

酒は涙か

今年の冬は、寒かったせいか、よくお酒を呑んだ。それも日本酒。近年の中では、ズバ抜けてたくさん日本酒を呑んだ年ではなかったろうか。

一方また、今年の冬は体調がわるかった。近年の中ではズバ抜けて体調がわるい。もともとわるいが、そのわるいところが醗酵《はっこう》してきたような具合で、そうなると気力も湧いてこず、うすぼんやりとしてすごした。

日本酒と、体調と、この二つがどう関連があるかについて、あまり研究したくない。そういうことを研究してみても、無駄というもので、急須《きゅうす》の首や手がすぐに欠けないような研究を誰もしないのと同じである。即ちそういう研究は急須屋さんが好まない。

もっとも、禁酒、禁煙、禁ばくち、禁女性、すべて実行するつもりにはなっている。それどころか、中には順調に軌道にのりかけているものもある。ところが、それ等の手前に、一番健康によくない仕事というものを禁ずる必要が横たわっており、しかし仕事をしなければ生きていくことができない。

しても、しなくても、よいことはあり得ず、進退がきわまって、つい、そろそろと身体をだますようにして少しずつ仕事をしてしまう。そこのところが不徹底だものだから、諸事、つきつまらない。

酒なくて、なんのおのれが桜かな。

私はそんなことはないのである。私の父親は、一滴も酒を口にしなかったから、生家では晩酌という習慣に出会わなかった。したがって私も、通常は（夜中に仕事をするということもあるけれど）夕食に酒を口にせず、もそもそと飯ばかり喰ってしまう。

酒を呑めば、飯を喰わなくてすむのではないかと思うけれど、私は平均体重を二十キロオーバーしており、飯も酒も喰ってはまずい。禁酒、禁煙、禁飯、禁おかず、禁菓子。これでは八方ふさがりで、生きた心地がしないから、来客、もしくは外で知友に出会うと、ひとりでに酒盃に手を出すことになる。

手は出すし、呑めば五合や七合は呑めるが、呑まなければ居られないというわけのものではない。現にこの頃は、極力呑まずに、番茶をチビチビやっていることの方が多くなった。つまり、酒に関しては、私はどこか余裕があるのである。死ぬほど呑みたいというわけでなし、酔ったとてたいして面白くもないのだから、それなら少しくらい呑んでもよいだろうという筋道になる。

酒は、灘《なだ》の生一本《きいっぽん》。

昔はそういった。今だって、極上のところを、産地から樽で直接送ってもらって呑めば、あるいはそうかもしれない。

しかし、すくなくとも東京では、もしくは私の周辺では、誰も大手の銘柄をありがたがらない。

全国に名の売れた、大量生産をする大メーカーの酒は、もう駄目なのだそうである。きくところによると、煙草と同じく、東京で消費する酒は東京附近の酒造家が作ってレッテルだけはりつけるのだそうな。

〝越乃寒梅〟という、幻の酒とひと頃珍重された新潟の地酒が、めっきり駄目になった由。直接に得た知識ではないが、息子の代にかわって、大量生産に切りかえたのだそうだ。

私は、舌で酒を呑みわけるほど、酒の味にくわしくない。しかし、飛びきりおいしい酒は、やっぱりおいしい。それに酒（ばかりでなく他の生産物もそうだが）は、おいしいものが、そうでない酒にくらべて、すごく高価ということはない。ただ、おいしい品は、なかなか手に入りにくいというだけだ。

では、毎日呑まなくてよいから、おいしい酒が手に入ったときに呑もう、ということになる。

　さつまいもがそうだな。急に話が変るが、金時、という品種がうまいけれど、この品種は太く大きく育たない。さして値段が変らなければ、同じ畑で、太く大きくなる品種を作った方が生産者はトクである。私は、晩秋から翌年の寒明けにかけて、眼の色変えるほどにして金時を探しまわるけれども、年毎に減ってくるようである。この冬は特にわるい。金時芋の不作の年だったのだろうか。ついでに記すと、金沢あたりで売っている五郎島芋という実の白い芋も、甘くてうまい。

　それはともかく、往時夢のごとく、約四十年が茫々《ぼうぼう》と流れてしまったが、私どもの世代が最初におぼえた酒は、例外なしに稀代の悪酒であったはずである。

　私が敗戦の年に十七歳。それまで酒を口にしなかったわけではないが、手銭《てせん》で、きゅっきゅっとやりだしたのはあの乱世の頃からで、酒といえばガソリン、薬用アルコール、バクダン、粕取《かすと》り焼酎、ドブロク、の時代だった。いずれも強烈な臭いがして、鼻をつまみ、ひと口呑んではあわてて水を含んで口の中を洗い流すという始末だった。

　もちろんメーカーの品物ではない。ヤミ市の片隅で、得体の知れない手製品だの、石油缶に入っているようなものを呑むのである。

「よそで呑んじゃ駄目だよ。ありゃみんなメチルだから。うちのは安心。うちだけだよ、こんな良心的なのは」

「そうかい――」

といって呑んでいるうちに、

「おや。――おや」

「どうしたい」

「なんだか、眼の玉がしびれがきれてきたようだぜ。おやじ、これメチルだろう」

「そうじゃない、大丈夫だよ」

「大丈夫じゃないよ。眼が痛いぜ」

「だから、ほんの少しだよ。痛いくらいなんだい。よその呑んだら眼がつぶれちゃうよ。うちのは苦労して、売ってんだから!」

メチルアルコールで、眼が潰れたという例が枚挙にいとまなかった。バクダンという酒は、今考えるとおおかたがメチルだったのじゃなかろうか。眼が潰れるに至らないまでも、純粋の悪酒だったことはたしかで、私の知友も、戦後十年くらいで、なんとなくばたばたと倒れて死んでいった。多分、悪酒が間接の因になっていたな。

私などは運よく生き残った口だ。もっとも私は、バクダンより粕取りの方を愛用していた。まだしも臭いが軽かったから。銭がないので、粕取り焼酎に唐辛子の粉をぶっかけて、呑み乾《ほ》すとすぐに大通りを走った。すると一杯でもよく利く。

ドブロクなどは最高に贅沢な酒だった。外国人たちが主に集落をつくってやっていて、密造と同時に呑ませてもくれる。

中二階のような個室が並んでいて、梯子《はしご》段をトントンと昇って、円膳のまわりに坐り、ドブロクと豚の耳かなんかで呑み出すと、梯子段をとっぱらってしまう。

手入れのときには、さっとカーテンを引いて、押入れに見せるのだそうだが、刑事がカーテンをまくると、押入れの上段に我々が鎮座しているのがすぐ見えるのだから、あまり堅固な迷彩ではないのである。

一度、女の子を連れていって、店の人が梯子段を持っていったら、女がおびえた。

「あ、ここは何をするところなの。いや、あたし帰る、助けて」

ドブロクぐらいで騒がれちゃ、私も恰好がわるい。その女の子は結局、ドブロクで酔いつぶれて正体なく眠ってしまい、その夜泣きたくなるくらい帰り道で世話を焼かせた。

〝菊姫〟というお酒が、うまい。

石川県鶴来の酒で、白山の麓の町だから、水もよいのであろう。私が声を大にしなくとも、すでに愛酒家の間には知れわたっている。〝菊姫〟にもいろいろなクラスがあり、冷やで呑む加陽だとか、大吟醸という最高級まで、しかしそのクラスでなくとも総じてうまい。

うまいけれども、手に入れにくい。東京では、よほどの幸運に恵まれないと、その姿を見ることはできないであろう。

といって地元の方では巷《ちまた》に溢れているかというと、そんなこともない。とにかく、ごく少量を、丹精こめて作るという形なのであろう。鶴来には〝萬歳楽〟という地酒があり、これもなかなかの酒である。

私は、この〝菊姫〟を、師匠の藤原審爾に教わった。藤原さんは、若い頃、斗酒なお辞さず、身体じゅうが病気の巣のような状態で、呑む打つ買う、三拍子揃って人の五倍くらいやってきた人だが、三十を越して、酒だけを、ばったりやめた。呑むと蕁麻疹《じんましん》が出るからといっていたから、つまりは肝臓に対する警戒が働いたのであろう。

それで、二十年以上、ごく稀に、盃に一杯くらい、口に含むにとどまった。五十歳をすぎてから、医者に肝硬変を宣告され、入院したりしたが、その頃、北陸に旅行をし、ひさしぶりで〝菊姫〟を口にした。そうして、その足で鶴来の蔵元に寄った。

以来、二十年以上やめていた酒がまた戻って、さすがに暴飲はしないが、朝に晩に酒に親しむようになってしまった。

肝硬変の方も、〝菊姫〟で酔っぱらったかのごとく、わりにおとなしくおさまって、この十年来おおむね元気に呑み続けている。なんだか目茶苦茶な話のようであるが、実際のことだから仕方がない。

藤原さんが入退院をくりかえしていて、掌など梅干しのように赤く、顔色もひどくわるかった頃、私は見舞に行って、〝菊姫〟を呑ませてもらったのだ。

藤原さんはその頃、遺書を書く、といっていた。形見わけだ、といって、好きで集めた壺や焼物類を知友に一つずつ配ったりした。

そのとき、二人で冷やで呑んだ。

「うまい――」

と私はいった。芳醇《ほうじゅん》、という言葉がこの酒のためにあるような気がした。

「飲み物も喰い物も、ここまで出来ていると、いいな――」と藤原さんがいった。「なかなかこれだけの酒はないよ。うまい物を呑ませようという気持ちがこもっているのがよくわかる」

もう一杯くれ、と藤原さんが空のコップを夫人にさしだした。

「駄目よ、夕食のときになさい」

「色ちゃんが来たんだから、もう一杯」

なんだか水盃のようだな、とそのとき私は不吉なことを考えた。けれども、水盃のお代りというのはあまりきかない。

藤原さんはものを口に含むとき、舌鼓を打つようにして実においしそうに喰べる。その晩はさらにもう一本呑んだ。

それまで私は、日本酒というと〝三千盛〟という岐阜のお酒が好きだった。これも愛酒家には有名な銘柄だが、どうも実に、嫌味のないこざっぱりした酒で、すいすいと軽く口の中をすべりこんでいく。ウイスキーでいうと、バランタインの十七年という銘柄に似ている。それに対して〝菊姫〟という酒は、じんわりとしたコクがあって、煙草でいうと缶入りピースといった感じである。

まったくパーソナリティのちがったお酒で、比較してどうということはできないが、私は〝菊姫〟を知ってからも（手に入りにくいということもあるが）、〝三千盛〟の方を手から離せない。

今年のはじめ、知人から〝三千盛〟を送っていただいた。それで正月から家で呑むときは〝三千盛〟一本に定めて、洋酒をほとんど見返らなかった。

それが二月に入って、〝菊姫〟の加陽をあっちからもこっちからもいただくような事態になった。

我が家の貧弱な酒倉に、あっちこっちからいただいた複数の〝菊姫〟の酒瓶が並んだ。大変贅沢な気持ちになれてありがたいが、ふだんは〝三千盛〟を呑む。〝菊姫〟はなにか特別のときに呑もうと思っている。

今月のはじめ、金沢に行く折りがあって、今度直木賞をとった高橋治に電話した。もう十年くらい前になるが、泉鏡花賞というのをいただいた折り、金沢市のもうひとつの文学賞の金沢市民文学賞というのを高橋治がもらった。

治ちゃんとはもう二十年来の友人で、藤原審爾一門。相撲でいえば同部屋である。同じ日に、友人と並んで賞をいただくというのは珍しいし、まことに嬉しい。

その夜、治ちゃんに連れていって貰った〝たえ〟というバーに、その後、金沢にいくと寄ることにしている。

〝たえ〟のママが、私の顔を見たとたんに、涙ぐんで、

「よかったねぇ――」といった。

「ああ、よかった」と私もいう。

高橋治の直木賞受賞をよろこんでいるのである。治ちゃんは四高（金沢）の学生時分からのなじみなのである。

「これで治ちゃんも、人らしくなれるね」

「今まで人らしくなかったみたいだな」

「そうよ。望みを達すると、皆、人らしくなるんだから」

「いや、まだゴールじゃないからね。これからが治ちゃんも大変なんだよ」

彼に電話してみよう、ということになり、ホテルかなにかに缶詰になってるだろうと思ったが、運よく居た。

金沢の〝たえ〟に居るんだよ、というと、

「それじゃア、すぐそばに居る坂野さんという人に会ってみないか。面白い人だし、きっとなにかうまい物もあるよ」

いくらなんでも、初対面の人のところに美味を期待して行くわけにはいかない、と思っていると、治ちゃんが先方にも電話したらしく、やがて坂野氏が〝たえ〟に現われて、家にいらっしゃいという。

坂野氏は治ちゃんと四高の同級生だそうで、人生全般に対して眼のいい、すてきな人物だったが、ここで〝菊姫〟の大吟醸が出てきた。

ひとくち呑んで、あ――！　というと、

「そう、〝菊姫〟ですよ。今年の新酒が二、三日前に届いたばかりなんです。貴方、運がいい」

高橋治の余慶にあずかって、うまい酒にぶつかり、夜中までお邪魔してしまった。ところがその翌日、山下洋輔に紹介されたジャズスナックの〝モッキリ屋〟に行くと、そこのマスターが連れてってくれたバーで、また大吟醸を出してくれる。しかも帰京すると、川村二郎氏から、彼の読売文学賞受賞のお祝いのお返しが届いており、包みを開くと、これが〝菊姫加陽〟。私風情が、こんなにいっぺんに酒にめぐまれると、何か反動に罰が来そうで、今、虚空に向かって油断なく身がまえている。

大物喰らい

ホタル君は無口の人である。そうして痩《や》せ細っている。無口と痩身は無関係というかもしれないが、そうでない。近頃の若者は、絢爛《けんらん》たる食生活のせいか、総じて長身で脂肪がついているが、ホタル君は育ってくる過程で何も喰わなかったような顔をしている。口からは何もいれず、また何の言葉も出さない。つまり、口というものを使用せずに成人してしまったらしい。

したがって、ホタル君のような人を、無口の国痩せ細り村の出身と呼ぶのである。

ときおり、ホタル君は電話をかけてくる。

「——今日は、おヒマですか」

「まア、ヒマってわけでもないんですけれど」

「じ、実は、ちょっとお話もあるんで、これから伺っていいですか」

「話って、君はいつだって、話なんかしたことがないじゃないか」

「い、いえ、ちょっと伺って——」

そうしてやってくる。拙宅の茶の間で卓をはさんで向かいあって、ホタル君は宙に眼を据えて、しんしんとだまっている。

仕方がないから、元気かね、とか、近頃どうしてる、とか当りさわりのないことをポツリポツリと問うて、彼がひと言ふた言めんどうくさそうに答え、それでやっぱり話がない。そのうち酒を呑み出す。なにか喰い物が出てくると、むさぼるように喰う。ホタル君が居る間はこちらも仕事ができないし、といって何をしているというわけでもない。いらいら、じりじりしているけれどもその気分になれてくると、いかにも時間を贅沢に、無意味に、使いまくっている感じで、これはこれでわるくない。

ホタル君が無口なのは、いくらかドモるということと無関係ではないように思う。酒が入るとますますドモるので、彼は平生よりなお無口になるが、そのかわり、声に出さなくても、喉の奥で勝手にしゃべり散らしているのではないかと思うときがある。その証拠に、ときおり一人で、フフフ、と笑ったりするのである。

「ど——、ど、ど——」

とホタル君が、夢から醒《さ》めたように、声を出しはじめた。

「どこだったかな、ああそうだ、青森、にね、こ、この前、行ってましてね」

「うん――」

「シャ、シャコをね――」

「――？」

「た、喰べるシャコですよ。こんな――」

「わかった。シャコだな」

「魚市場で買ってきて、旅館で頼んで茹でてもらったんです。か、皮をかぶってる奴を、鋏《はさみ》で両端をチョキンチョキン切ってね」

「うん、とれたての奴だな。冬場の子を持ったシャコはうまいね」

「うまかったです――」

ホタル君は上機嫌で眼を和《なご》ませた。

「そ、そ、それからまた魚市場に、青森は駅のそばにありますね。魚市場に飛んでいって、シャ、シャコを買って」

「うん――」

「旅館に帰って茹でてもらって、シャ、シャコで酒呑むとうまいですよ」

「なるほど」

「そ、それでまた魚市場に――」

「なんだ、きりがないじゃないか」

「うまかったです」

それからホタル君は、じゃ、といって立ちあがった。玄関のところまで送り出して、

「結局、用事というのは、シャコを喰ったという報告かね」

「え——？」

とホタル君はびっくりしたようにふりかえった。そうして、笑いだした。その笑いには、冗談じゃない、あんなにしゃべり散らしたじゃないですか、という響きがこもっている。だからやっぱり、喉の奥の方で、声を出さずになにかしゃべっていたにちがいないのである。


私はなんとなく妙な気分になっていた。前にも、こういう恰好で、ホタル君を送り出したことがあるような気がする。ホタル君がシャコを喰った話は初耳であったが、にもかかわらず、そっくりそのまま同じ経験をしていると思う。

シャコの話の途中からそれに気がついて、まもなくこういうだろうと思っていたら、はたして、買っては喰い、買っては喰い、という話になった。それがなんだか、玄妙な気分を呼ぶ。

もっとも、その前の経験がどういうことだったか、はっきり思い出せない。ひょっとしたらそういう夢を見たのかもしれない。

先夜、冷奴と、今年はじめてのそら豆で、来客と軽く酒を呑んでいた。

「——そうだ、そら豆だ」と私が叫んだ。

「ははは、そら豆、そら豆——」

「——なにが、くわばらですか」

と客がいう。

「え——？」

「今、くわばら、くわばら、っていったでしょ」

「いや、そら豆です」

「——そら豆だと、どうなりますか」

「いや、知合いがね、だいぶ前のことですが、どこか地方の町に行って、八百屋かなにかで、うまそうなそら豆を見つけたんだそうです」

「ええ——」

「で、山盛り一杯買って来て、旅館に頼んで茹でて貰った。それで、酒を呑みながら大皿一杯、喰っちまったそうです」

「そら豆はうまいな。これは豆の王様ですね」

「まったくだ。僕はこの頃、歯が駄目になったから、嚙みごたえしないものに限る。そら豆とか、豆腐とかね」

「嚙んじゃいけませんか」

「嚙みたくないですね。大体、もう嚙みたくなくなったら、喰う楽しみというのはほとんど失われたな。べつに、何も喰わなくたっていいという気持ちに近い」

「そうもいかんでしょう」

「豆腐を、注射で、静脈に打って貰えばいい」

あはは、と客が笑った。

「それで、そら豆の話はどうなりました」

「ええ、大皿一杯喰っちまって、それから、くだんの八百屋に行ったそうです」

「なるほど」

「それでまたひと山買って、旅館に帰って茹でてもらう。酒を呑んで、大皿に出て来た奴を、喰っちまう。その男はそれで立ちあがって、またさっきの八百屋に行ったんですね。それでそら豆を買って――」

「旅館に直接、そら豆の茹でたのをくれ、と頼むわけにはいかなかったんですか」

「そうもいかなかったようです。というのは、八百屋でみつけたそら豆にこだわっていたんでしょう」

「ふうん──」

客はしばらく、私の話の続きを待った。そうしてこういった。

「それだけですか」

「ええ──」

私の話はあまり客に受けなかった。それは当り前で、ただそれだけでは私の最初の叫び声の説明にまったくなっていない。といって、このあとのシャコの話をしても、べつに面白くなるとは思えず、なんだか面倒くさくなった。

六本木の街角で、ばったりとホタル君に出会った。そのとき私は編集者と連れ立って歩いていて、どこかで軽く飯でも喰おうか、と話していたときだった。

「君は、腹具合はどうだい」

「ええ、べつに──」

「よかったら、一緒に何か喰おうか」

ホタル君は同行するという姿勢を示した。

彼は小柄で痩せっぽちだが、連れの編集者は若いし、大学時代にラグビーをやっていたとかで、身体も大きい。質より量ということも考慮にいれて、シャブシャブ一人前三千五百円、喰い放題、という看板をかかげた店に入った。

すぐに肉の大皿が一人に一皿ずつ運ばれてくる。シャブシャブ用のうすい肉が、フグサシのように皿に張りついていて、若者ならペロリだろうが、肉はわるくない。

私は編集者の方を向いていった。

「ここならいくら喰べても大丈夫だ。今夜は腹いっぱい行こう」

ホタル君は無口だから、自然に私は編集者の方とばかりしゃべり合う恰好になる。

「こういう肉は西洋人には合わないだろうな。日本の牛肉は外国人には評判わるいね。まず第一に値段がバカ高い。第二に、脂っぽいばかりでフニャフニャしている」

「アメリカの肉は固いですね。ひと切れ喰べるのにふうふう言っちゃう」

「知合いのアメリカ人がね、霜降りのところを喰って、日本にはこんなろうそくみたいな肉しかないのか、といった」

「日本の牛肉はうまいけどなア。それじゃア、松阪牛なんてのは猫に小判ですね」

「西洋人の味覚というのは、噛みしめる味、というのがかなり大きな位置をしめるんだな。顎《あご》の力が強いのかしら。噛みしめる充足感がきっといいんだね。考えるだけで歯が痛くなってくる」

「ライオンががりっと嚙む感じですね」

「逆に日本人は、口の中でトロッとくるような、そういう感触を珍重するな。舌の上でトロリは、西洋じゃあまり重きをおかない」

「それで思い出したんですが――」

と編集者がいった。

「K先生がね、あるレストランで、靴の底のようなステーキをくれ、といわれたんです。そのとき、僕は不思議で、なぜそんな註文をするんだろうと思ってたんですが、K先生はアメリカにだいぶ長いこと居らしたから、向うの味覚に同化していたんですね」

「店の方じゃ、いやな顔したろう」

「主人が出てきて、靴の底ってのはどんな肉ですか、というんです。踏んづけても潰れないような固い奴だ。――うちにはそんな肉はない、って主人がいうんだけど、いくら高くてもいい、靴の底みたいな奴を、ってK先生がいはるんです」

「――で、結局どうしたの」

「出てきましたね。雑巾《ぞうきん》を皿の上に投げつけたような奴が。僕もおつきあいしましたが、苦労しました。ナイフでやっと切ると、口の中でなかなか歯が刺さらないんです。K先生の方を見ると、やっぱり眼を白黒していつまでも噛んでる。あんなにいいはったんだから、残すわけにもいかないし、そのひと皿をたいらげるのにずいぶん時間がかかりました」

「アメリカの小咄《こばなし》にこういうのがあるんだ。バカ固い肉で、ナイフで切ることさえできない。家族の誰もが持てあまして、結局全部残しちゃった。もったいないからってんで、飼ってる家鴨《あひる》にやったんだね。そうしたらその肉を喰った家鴨が、ガアガア鳴きながら池に入っていくと、全員たちまち水の中に沈んじゃった」

私は卓の上を眺めていた。私が三皿、編集者が三皿、しかしホタル君はむさぼるように八皿目ぐらいを喰べていて、まだ止まる様子はない。私は編集者に、遠慮したってしょうがないぜ、どんどん喰えよ、といった。

「いや、僕はもうこれで、わりに小食の方なので——」

といって彼は箸をおいてしまう。

「ぼ、僕も、固い肉が好きなんです——」

とホタル君が不意にしゃべりだした。

「しかし、固くない肉も嫌いじゃなさそうだね」

「か、固けりゃ固いほどいいんです。に、に、肉はやっぱり噛んで、に、肉汁がじんわり口の中に出てくるのがいいです」

「そうかな」

「きょ、きょ、京都の洋食屋でね、に、肉を喰おうと思って、関西は牛肉が安いですからね。そ、それで、く、靴の底みたいなステーキをくれ、っていったんです」

「君もか」

「すると店の人が、そんな肉はうちじゃおいてない。な、なぜそんなへんなことをいうんだ、って。へ、へんじゃない、か、固いところがうまいんだ。そういっても駄目ですね」

「――――」

「か、固けりゃいいんなら、筋のところがあるがどうだ、なんて」

「――――」

「す、筋じゃない。靴の底みたいな奴、こっちも意地でね、いいはりましてね」

私はだまってきいていたが、直前の編集者の話と同じ展開である。しかし、無口のホタル君がわざわざいいだしたことだから、途中から話の筋がちがう方に行くのだろうと思っていた。

「け、け、結局、すったもんだしたあげく、で、出て来ました」

「靴の底みたいな奴がかい」

「そこまではいかないけど、か、かなり固そうなんです」

「ちょっと待て、そのへんはさっきと同じだから、簡単にねがう」

ホタル君は肉をほおばって呑みおろしたあとで、

「――え、なんですか？」

「まアいいや。話したけりゃ話すがいい」

「ナ、ナイフが、刺さらないんです」

「ははア――」

「も、もうやっと、ひ、ひと切れ、口の中に入れても、歯が立たなくて始末がつきません」

「勝手にしたまえ」

編集者は不思議そうな顔でホタル君を眺めている。しかし彼はすこしもひるまず、肉をほおばっては呑みおろし、ゆったりとしゃべる。

「うまくないことはないんです」

「――」

「だ、だけれども、嚙めないんです」

「丸呑みにしちゃえばいい」

「こ、困りました」

「そこでずっと困ってりゃいいんだ」

「あんなにいいはったんだから、の、残したくないです」

編集者がついに吹き出した。しかしホタル君はにこりともしない。

「客がどんどん喰い終って、で、出ていくんです。ああいうときはどうすればいいんですかねえ」

「知らんよ、俺は」

「まア、立ちあがって、お金を払って帰ってきましたけど」

「残してかい」

「いいえ、く、口の中に入れたままで。それで宿屋に帰ってしゃぶってました」

ホタル君は、すみません、とボーイを呼んで、おねがいします、と肉の皿を示した。店の人にさすがに渋そうな気配が見える。けれども感心にちゃんと肉皿を運んでくる。

他の客には、小柄なホタル君ではなく、肥った私が年甲斐もなく、喰いまくっているというふうに映っているだろう。

「それで、どうしました?」

「――え?」

「話はそれからどうなったの」

「――お、お、終りです」

「なアんだ、そうすると、わざわざおんなじ話をしてくれたわけか」

ひどくおかしいような、無駄な時間をすごしてしまったような、ホタル君と会うとよくこういうことになる。それで結局、玄妙な気分がしてくるから不思議だ。

徹夜交歓

今、喰いたいもの。

炊きあがった白い飯に、甘塩の鮭の身をほぐしたのと、大葉（紫蘇《しそ》の葉）を揉《も》んだものを和《あ》えたまぜ御飯。

熱いカントンメン（うまにソバ）をおかずにして喰う白い飯。

絶妙にうまい味噌餡の柏餅。それもできたてでほかほか湯気のあがっているもの。（本郷三丁目の角っこのお菓子屋さんのもの、なかなかうまい）

けれども、具合がわるいことに、食欲がない。

ここ何日も、ろくすっぽ寝てないからである。食欲があるときは、ムシャムシャ喰べる。食欲がないときは、もそもそ喰う。どのみち喰べるのであるが、当人にしてはこのへんの差をはっきりしておきたい。

食欲がないときになにか喰べるのは、なんとなく哀しい。実にも何にもならないような気がする。だから食欲がないときなら、いくら喰べてもよろしい、というダイエット論法もあるかもしれない。

いずれにしても、若い頃はこうじゃなかった。だいいち食欲がないなんてことがありえなかった。ラーメン一本、チャーハンの一粒一粒までが、残らず栄養になって身体にしみとおっていくような気がした。食堂のドンブリというものは、なぜこんなに小さいのだろう、と思った記憶がある。

今、喰いたいもの。

ひと眠りして起きてみると、喰いたいものも変っているものである。

ふきのとうのてんぷら。

黄色い西瓜《すいか》。

六本木〝大八〟のラーメン。

なんだか一段と迫力が衰えているようであるが、これは食欲がないことに起因していよう。

しかし近頃は、食欲があるときもないときも、いわゆる高級な日本料理店の喰べ物が、あまり有難くなってきた。日本の喰べ物は好きだが、日本料理と銘打った皿のものにあまり感動しない。もっとも喰べ物というものは手銭でやるところに値打ちがあるので、私どもがこういう高級料理店に行く機会は、対談の席とか出版社からのお招《よ》ばれが多い。特に対談のときは、しゃべるのが仕事で、そちらの方に神経を集めるから、喰べたものの味などわからない。つい、喰べるのがめんどうくさくなって大半を残すということになってしまう。

それにしても、八寸《はっすん》とか向付《むこうづけ》とか、焼物とかいって出てくるものを、わくわくして待つ気持ちが失《う》せてきた。ひとつは眼だけ肥えて、よほど光り輝くようなものでないかぎり、おどろかなくなってきたこと。もうひとつは、年齢で、喰べる峠を越したのであろう。

そのくせ、しつこい中華や、油こい洋食がいいわけでもない。卓について箸をつける段になれば喜んで喰べるが、朝起きて、今喰いたいものの中に、高価な料理が出てきたためしがない。

五月のはじめに、長部日出雄さんと、彼の故郷である津軽を廻ってきたが、弘前《ひろさき》のある小料理屋（というより高級呑み屋といった風情だった）で喰べたふきのとうの天ぷらはおいしかった。山菜というもの、人が珍重するほどに関心がなかったが、はじめて納得がいった。お代りをしたかったが、今、採って帰ったばかりで、もう無いといわれた。そういわれるとなおさら、口の中に、えもいわれぬ甘さが残って消えない。山の生《な》り物にはときどき、ほんのりとした、土の精のような甘さを保っているものがある。子供の頃、親類の家で喰べたなんとかいう（それが名をどうしても思い出せない）木の実にも、同じようなほの甘さがあった。

その翌日、車で十和田へのコースを走っていると、山地に入ってから、道の両側の畦《あぜ》のようなところに、一列に、どこまでも、ふきのとうが顔を出していた。私には何よりもそれが壮観で、十和田の山ごと、それを持ってきてしまいたいような思いにかられた。

もっとも、東京に帰ってから、大きなスーパーに行って、早速ふきのとうを買ってきたが、弘前の味は再現しない。東京では、そういう幽玄な美味を求めるのはむりなのであろう。

今、喰いたきもの。

ひと眠りしなくとも、なにか他のことをやって、時間がたってから改めて考えてみると、また変化しているのは当然である。

鰻《うなぎ》。但し、昔の味を保ったもの。

浅草〝梅むら〟の豆カン。

いり豆腐どんぶり。

どうも食欲がない。喰べたいといっても、今すぐでなくてもよいという気もする。これがどうも、淋しい。

豆カンはカンテンと赤豌豆《あかえんどう》だけのものに黒蜜をかけて喰べる。あっさりしていて初夏のもの。酒のあとにもいい。浅草までこれのために遠出したくなるほど、この店の独特の柔らかさ。

いり豆腐のうす味。大きめの茶碗に白い飯を半分ほどいれ、ドドッとたくさん豆腐を上にかけて、かきまわして、かっこむ。食欲がなくても何杯でも喰べられる。

鰻は、近頃、養殖の方法も進んで、蛹《さなぎ》くさい感じもすくなくなり、量産ができるので、高値な喰べ物でなくなった。

二、三千円で、ひととおりのものが喰えるご馳走というと、鰻以外にあるまい。

ある鰻屋の主人が、こういったのをおぼえている。

「畜生、養殖養殖ってねえ、便利になったのはいいけど、値段をあげられなくてねえ。鮨屋や天ぷら屋がうらやましいよ」

鮨や天ぷらは、ネタのいいところだと一人前一万円ぐらいのところもある。鰻は、白焼きと蒲焼きを喰っても、三千円というところか。

しかし、鰻そのものは、昔にくらべてぐっと味がおちた。よく古老が、なんにつけても昔のものをほめて、今をけなすのをきき苦しく思っていたが、鰻に関しては、私も古老と歩調を合わせなければならない。

まず第一に、養殖のもの、ただやたらに肥満していて、脂だくさん。身が柔らかすぎる。養殖場で、なんの苦労もなく、飽食していたものの持つだらしのない味だ。舌にのせてトロ、はいいけれど、トロトロすぎる。

昔の天然鰻は、もっと苦労を積んで生きていたものの精があった。それが微妙な味わいをうみ、舌にのせてトロ、だけれども、同時にピンと張ったしたたかさも感じさせる。

もっともこんなことは、私がいわなくたって、専門家も古い客も皆ご承知だろう。天然ものがすくなくなってしまった以上、わかってたってどうにもしかたがない。

山本益博さんの推す西荻窪松庵北町の〝田川〟のご主人は、

「鰻が駄目になったからねえ。ほんとはもうこの商売やめたいよ」

なんていう。

現在、ピンと張った精を感じさせる鰻を喰うには、少し高いけれど、赤坂〝重箱〟か。私の知るかぎりでは、ここの中串が、一番昔に近い。

来月、K社のOさんが、日本橋の〝清川〟（乇代川かな）に連れていってくれるという。下町育ちのOさんがひいきにする店だから、きっとうまい店なのだろう。

その他では、前記の〝田川〟。私も以前に荻窪に居た頃、おおいに愛用した店だ。現在の条件の中で最高のものを喰わす。

それから大曲《おおまがり》近くの〝石ばし〟。これは山本益博さんに教わった店で、いっぺんでファンになった。丁寧な仕事をする店だ。店がまえも、店の人も感じがよい。〝重箱〟はコースふうになっていて、洗いだの鯉こくだの出てくるせいもあって少し高いが、〝田川〟も〝石ばし〟もまったく普通の鰻屋さんと値が変らない。外に出かけて行って喰べる店としては、私はこの三店だけ知っていれば充分だと思う。

けれども、鰻だのソバだのというものは、自分の家の近くになければ意味はない、という面もある。それから、知人の家に行って、そこで供応を受けるという場合も多い。

西武新宿線の中井に居る友人の家で、ときどきとりよせて貰う鰻重が、なかなかうまい。出前の喰べ物は、時間がたっていたり、いい条件ではないことが多くて、はっきりたしかめにくいが、その家の人に訊くと、中井の陸橋のすぐそばに、近年できた小さな店だという。

帰りがけにその店を眺めると、環状六号線に面しては居るが、陸橋のせいで人家の途切れたところで、あまり人通りのない場所だ。

その頃、たまたま山本益博さんに会ったので、その店の話をした。

「環六の中井陸橋のそばにある鰻屋、行ったことあるかい」

「いや、まだ行ってない。車があの前を通るたびに気になっては居るんだけどね」

「友だちの家で喰うんだが、わりにいいよ。今度、ちゃんと店で喰ってみようと思うんだが」

「そう。じゃ僕も行ってみよう」

「あんな人通りのうすい所に店をかまえるのは、偏屈か、腕に自信のある職人か、どちらかじゃないかな」

益博さんは早速行ってみたらしい。彼の評によると、二千円のより千五百円の鰻重の方がお値打ちだった由。二回にわたって行ったのか、それとも一度に二人前喰ったのか。なにしろ山本益博という人は、若いせいもあるが、鰻屋のはしごをする人なのである。


長門裕之邸には、以前からちょこちょこ遊びに行く。麻雀をやったり、地下室に設置してあるサウナ風呂に入ったり。それで、つい尻が長くなって二、三日逗留することがある。そういうとき、仕事がストップしてしまうので、遊んだあとが大変だ。私だけではないが、いずれも疲労困憊《こんぱい》、よれよれになって帰る。

もっとも大変なのは、私たちだけでなく、長門家のお手伝いさんたちだ。私たちが徹夜で遊んでいる間、交代で起きていて、飲み物や喰べ物の世話をしてくれる。

この長門家でとってくれる鰻重も、なかなかおいしい。多分、経堂の近くのお店なのであろう。

〝寿恵川《すえかわ》〟という店名が、割箸の包紙に記してある。

本当は、寝ないで麻雀などやって遊んでいて、片手間にパクつくのであるから、ソバか、サンドイッチか、おじやか、そんなふうな軽いものしか入らないのである。長門家の生野菜サラダはおいしいので、サラダとコーヒーだけですませることもある。

ところが、誰かが、鰻がいいな、などといいだすと、結局全員が、俺も、俺も、ということになるから不思議だ。

つい先日、遊びに行ったときの、私が飲食したものを列記してみようか。

まず、生オレンジジュース

シュークリームとコーヒー

鰻重

スイートメロン

コーヒー

キーウィのゼリー寄せ

野菜スープ

アイスクリーム
コーヒー
ミックスサンド三きれ
野菜サラダ
生ジュース
鰻重（半分）
苺《いちご》
コーヒー
とろろソバ
リボンシトロン
クリームコロッケと生野菜
コーヒー
鰻重（残り）
ネーブル

これは前夜から翌日の夜までの分で、まだこの調子で延々長々と続くのである。特に私などは食欲がない折りなので、こんなにおもてなしをして貰わなくともよいと思うのであるが、出てくるものはしかたがない。

翌日の昼に重なった鰻重については、他の人は天ざるソバをとった人も居たのであるが、何人かが積極的に鰻を主張した。

「徹夜あけに喰べる鰻というのが、オツなんですよ」

そういわれればそうかと思う。身体がしびれたように疲れていて、胃袋も働きすぎのところに、どかっと鰻重が入る。

もう腹が張り、胸が焼け、無理矢理口の中に放りこむような有様となるが、そういう不摂生な苦しみを味わうことが、物を喰べるということであろう、という気もしてくる。

それでガブガブ水ばかり呑み、黄色くにごった小便をし、ああもう、こんなことをしていては早晩死んでしまう、といらいらしてくるのが、たまらなくコクがある。

なんだかんだいいながら、終って散会するときに、

「もう、こんなことはやめましょう」

「ええ、やめましょうよ」

へとへとになって我が家にたどりついて、トイレに行って、腹の中にためていたものをひねり出し、やっと人心地がついて、

「なんか喰べるの」
「いや、食欲がないんだ——」
カミさんの顔など見もせずに、ベッドへ。
両足を布団の中で伸ばして、なんだかひどく自由になった気で、眠りにおちる前に、
今、なにが喰いたいかな、
チラとそんなことを考えたり——。

肉がなけりゃ

私はただの喰いしんぼうで、もちろん食通のつもりもないし、食通になろうとも思わない。で、この小文シリーズも食通家諸氏のお書きになるものとはちがう線を行っているつもりである。

けれども、それにしても、たとえ駄喰いにせよ人前で喰べ物の原稿を書く男としては、どうにもはずかしい所行が多すぎるのではないかと思う。

たとえば、今日、眼がさめて何を喰ったかというと、

鮭のまぜ御飯、味噌汁、鮭缶詰。まぜ御飯は、ひと塩の鮭の身をほぐして、大葉（紫蘇の葉）を揉んだやつと混ぜ合わせる。炊きたてのときは、紫蘇の香りがして、さっぱりと小味な喰べ物であるが、今朝のは昨夜の残りが電気釜に入っていたやつで、香りもなにもない。そうして、鮭御飯に鮭缶詰とくると、つきすぎていて大方の失笑を買うだけであろう。

私にしても、さすがに気が変らない気がするけれど、それでも茶碗に二杯半喰べた。

朝の六時すぎで、カミさんもまだ寝ている。昔ならこういうときは私自身がまな板と包丁を持って、チョコッと一皿二皿作ったりしたものだ。それがなんとなく面倒くさいのはやりつけないからであろう。

したがって、味噌汁も、スーパーで買ってきたインスタント物。これが、うまいというわけではないが、なんとか吸える。

インスタント味噌汁に、鮭御飯に鮭缶。

なんという無神経さであろう。

けれども私自身はこういうことをたいして気にとめていないのである。うちのカミさんは、いり豆腐を御飯にぶっかけて、ぐじゃぐじゃにして喰べるけれども、真似してみるとなんとなくうまい。

昔、文化学院の美術科に行っていた女学生が、アルバイトに家事を手伝ってくれたりしていたが、その中の一人が、なかなかかわいい娘なのだ、どういうわけかじゃがいもが好きで、一生懸命じゃがいもを擂《す》りおろしてくれて、どろどろの味噌汁を作ってくれる。

それはいいが、じゃがいもとさつま揚げの煮物、じゃがいもを千切りにしていためたもの、じゃがいもコロッケと、膳の上がじゃがじゃがいもだらけで、電気釜のふたをあけるとじゃがいもが炊きあがっているのではないかと思うくらいだった。

彼女がくるたびにそういう献立になる。私もじゃがいもは嫌いではないから、特に悲鳴をあげるほどではない。

「君は、喰べ物では、何が好きなの」

「――じゃがいもです」

「そうだろうね。それから――？」

すると彼女は、はずかしそうに、

「――里芋」

といった。

そういうこともなんとなくなつかしいし、今となってはもう一度、じゃがいもオンパレードを喰べてみたいような気もする。

もっともね、いいかげんな喰い物が好きなのは私ばかりではないような気もする。私のように五十男になって、なおかつ駄喰いをするという人はすくないかもしれないが。

私は家庭を大事にしなかったから、家庭の秩序から生まれてくるような喰べ物を喰べられなくて当り前なのである。たいがいの人は、家庭の秩序を大切にするために、他の楽しみを犠牲にしているのだから。

けれども、負け惜しみではなくて、料理屋の立派な料理というものも、近年ますます、おいしいと思わなくなってきた。

もちろん例外はあるのだけれど、日本料理に特にそれを感じる。私は稼業がら、対談だとかで格式のある料理屋にときどき出向くけれども、対談という仕事があったりすると、しゃべる方に気がいって、喰べる物の味などわからないのが普通ではあるが、以前ほど高級料理店というものが楽しみでなくなってきた。

鮎《あゆ》というものがある。ときどき知人から送ってもらう天然鮎など、おいしいと思うけれども、料理店で塩焼になって出てくる鮎に、点数が辛くなった。私が舌音痴なのであろうか。なんだか味気がない。

鮎というものは、やっぱり川のほとりで獲れたてか、あるいは囲炉裏《いろり》ばたで串に刺した奴を焼いて、ふうふういいながら喰べるとか、要するに乱暴に喰べるもののような気がする。料理屋の一匹づけの、しかもさめてしまった鮎を、チビチビ喰ってもなんということはない。お造り、酒蒸し、揚げ物、まずいというわけじゃないが、私にとって喰べ物は総じて基本的にまずくないので、たとえまずくなくても、これがわざわざ楽しみにして出向いてきた喰い物か、という気がする。

野菜のたきものというのが、青みがすくなくて、海老芋だの、ぜんまいだの、それもほんのひとくち。うす味のせいか、喰べた印象が残らない。といって味が濃いからいいというわけではないが。

結局、料理店で一番うまいのは、最後に出てくる米飯と味噌汁、新香の類で、これとてほおばってしまえば、ふた口ぐらいでなくなってしまう。

平凡なことだけれども、腹が減っているときに、ありあわせのもので喰べるのが、一番うまい。外での食事は、家庭内ではちょっと作れないような種類のものをえらぶにかぎるように思う。

牛丼というものを、私は小学生の頃に、父親から教わった。

私の家の墓は、上野の谷中《やなか》にあり、父親と一緒に墓参に行くと、帰りには浅草に寄って映画を見せてくれ、何か喰べさせてくれるのである。

後年、というより、まもなく、小学生の身で、学校をサボって浅草をうろつくようになるとは知らず、父親は、せっせと浅草に連れていってくれた。当時、娯楽街というとまず第一に浅草という頃だ。

ターザン映画、ディズニーの漫画、チャンバラ映画。それから〝梅園〟の餡蜜《あんみつ》、〝五十番〟のシュウマイ、〝今半〟のすき焼弁当、〝松尾〟のお子さまランチ、〝須田町食堂〟のチャプスイ。

父親は、なぜか、ジャングル映画を自分でも好んでいたようなふしがある。野獣が現われ、人間と格闘しはじめると、大きく口をあいて感嘆詞など発し、仕とめられると失笑をしたりする。後年、軍人時代によく狩りをした思い出話などきいて、なるほどと思ったりした。

ある夕方、父親が田原町の電車通りに並んだ屋台の牛めし屋の一軒に、私の手をひいて入ったことがある。汚れたのれんの、立喰いの店で、あまり子供連れでいく所ではないのだけれど、父親は軍隊を退役して、ひと頃上野に住んでいたので、その頃さかんに喰っていたのであろう。

今の牛丼は、どんぶりだが、その頃のは、普通の茶碗だった。上に、今でいえば、モツ混ざりの肉と葱《ねぎ》に白滝が入った汁をかけてくれる。

それがうまくて、二杯お代りした。

私の記憶では、やっぱり屋台で、とろろ飯を父親と一緒に喰ったと思うが、味は格段に牛めしの方がうまかった。

喰い終って、道を歩きながら、父親がいう。

「今、喰ったのは、カメチャブ」

「カメチャブ——？」

「ああ、そういうんだ。大人はね。うまかったか」

「うん——」

「カメというのは、洋犬のことだな。明治の頃に外人がね、犬を呼ぶのにカム、とかカムオン、とかいっている。それで外人の犬が、カメ、ということになったんだ」

それじゃ、さっき喰ったのは犬の肉か、と思った。

「チャブってのは——？」

「これも中国語らしい。軽い食事のことだな」

「犬の肉なの——？」

「さア。なんでもいい。男はなんだって喰っちまえばいいんだ」

チャブというのは当世風にいえば、スナックかな。以前、横浜本牧《ほんもく》にチャブ屋という、船乗り相手の淫売屋があったから、相当広い意味に用いるらしい。

その頃は、屋台には牛めし屋がたくさんあり、犬の肉ではあれだけの数はまかなえないだろうから、雑多な肉を使っていたろうが、くず肉と、当時ただのように安かった内臓部分であろう。私にはその内臓部分と思えるところがうまかった。

あるいは、飼犬にやる汁かけ御飯に似ているところから、犬めし、という意味でついたのかもしれない。

その頃でも、我が家でときどき、すき焼をやった。しかし私には、あのカメチャブの方がもっとうまかったように思えてならない。

小学生高学年の頃、私はすでにこっそり一人で浅草に行っていたが、子供の小遣いでは映画かレビューを見るくらいで終ってしまって、とても喰べ物には廻らない。電車にも乗らずに、往復歩いてくるのである。

だから、私は、カメチャブやおでんや、焼鳥や、屋台の匂いだけかいで、あそこにはうまい物がたくさんあるな、と思っていた。そのうちに戦争が烈《はげ》しくなって、巷から喰べ物が姿を消してしまうのである。

だから私は、肉というと、まずカメチャブのくず肉を、成人するまで思い描いていた。すき焼とか、トンカツとかは、その次に来るイメージだった。

成人してからも、それに近くて、私にとっての肉は、うす切りにした和風のものに一番親近感がある。ステーキというものも、まずいとは思わないけれども、ナイフを入れて肉の赤い肌を見ると、なんとなく、あまりにも栄養素的で、身もふたもないものを喰べているような気になる。そのくせ、ステーキを喰べるとしたら、やっぱりレアであるが。

私どもの世代は戦時中の飢えの年月を通過しているので、肉、というものに大げさなイメージを持ちすぎているかもしれない。私どもの子供の頃は、肉があればご馳走だった。どんなに手数をかけた、うまい野菜料理でも、肉の姿が見えないと、なんとなく貧相に思えたものだ。

そういうことに対する反省もあって、肉、何するものぞ、という姿勢になる。近頃の、食料豊富の時代に育った若い人たちが、

「ぼく、肉と魚は嫌い——」

というのとは意味がちがって、我々の場合は、どうもうさんくさい。

カミさんは、私と十五ほど年がちがうが、肉類というと、挽き肉しか喰べない。あとは鶏の皮と脂肪のないところを少し。

それで私は口惜しいから、ハンバーグは大嫌い、ということにしている。実は、べつに嫌いでもなんでもないけれど、カミさんに対するこらしめのひとつとして、ハンバーグは喰べない。

すると彼女は、私と一緒に食卓に向かうとき、かならず自分だけハンバーグを喰べる。

「おい、それは、合挽《あいびき》かね」

「ええ、百グラム八十円」

「それはいいが、君の大嫌いな脂肪がたくさん混じってるぜ」

「でも、眼にはそう見えないわね」

「それに、挽き肉って、なんだか残酷だろう」

「――どうして？」

「だって、機械で押しつぶして、一瞬にして挽いてしまう。それで自分も他者も、一緒くたになって出てくる」

「そんなこといわないでよ、今せっかくいい気持ちで呑んでるんだから」

大藪春彦氏がよく行く店であるが、池袋にうまいものを喰わせる店があり、そこでは、特別料理として、白子《しらこ》の料理があるらしい。

なんでも、母豚の胎内にある白子をとりだしてきて、そのまま挽肉機にかけてしまうのだそうである。白子とはいえ、豚の恰好をしているものを、挽いてしまうというところがおそろしいような気がする。私は悪食《あくじき》はわりに平気だけれど、この料理は喰いたくない。

もっともね、うす切りだって、筋道はおなじで、ただそういってみるだけかもしれない。

親子丼という発想も、残酷なものを含んでいる。

肉屋という商売は、仕入れによほどの顔が必要であるらしく、店によって品物がかなりちがう。よい肉を売る店は概して安く、まずい肉を売る店が、少しも安くない。よい肉屋はたくさん売れるからだというだけではないようだ。

私のところでは、西荻窪駅前の〝常盤屋〟、下落合の聖母病院の隣の〝中西屋〟、この二軒がごひいきである。両方とも、他の肉屋より二割方安くてうまい。都心に出ると、青山のスーパー紀ノ国屋の肉も買う。このスーパーは元は肉屋だったのだが、場所柄、質はよいけれども安くはない。

街で肉を喰うとすると、という問題に関しては、私は適格者ではないようだ。知人に肉好きが多くて、会食をするときに、しばしばそういう店を使うけれども、ステーキというものを、厳密に味わいわける舌がない。

神戸と同系の店の新橋の〝麤皮《あらがわ》〟は、すこぶる上等という感じはしたが、なにしろ値段が高かった。知人と二人で、(特上のところだったのかもしれないが)十万円の前後はしたと思う。ひと晩の食事に貯金をひきだしていくのなら、ステーキよりも、他に喰いたいものがある。

知人たちは六本木の〝和田門〟(本店は博多だ)がよいという。ここの肉の刺身は私にも、なるほど、と思わせるものがある。

和風の店には、東京では行ったことがない。そのかわり、関西に行くと、すき焼屋に入りびたる。大阪でも京都でも神戸でも、私のような東京者には、どの店もうまい肉を安く喰わせてくれる。

ただし、私は肉がご馳走の典型とは思わなくなって久しい。それどころか、ご馳走というものにあまり魅力がなくなってきた。肉や魚に使う銭を、ほかの喰い物にかけたい。たとえば、米とか、味噌とか、豆腐とか、新香とか、こういうものにならばもっともっと凝ってみたい。

私も結局、老年なのか。それとも平和の有難みになれて贅沢《ぜいたく》三昧をいっているのか。

あとがき

衣食住、この三つが生活の根本だとすると、私は三つともに不自由な時代に育ってきた。それで、その当時、生活なんかしていなかったかというと、必ずしもそうでない。むしろ不如意な生活というものが濃密にあって、日のすぎゆきがのったりとおそかった。

近頃のように物が満ちたりていると、どうも私などは居心地がよくない。私の体質は不自由に即応してできあがっていて、なんにもなくてもとっこだという気持ちがどうしても消えない。

着る物の執着はほとんどないし、自分の家を持とうなどという気もない。食についても、喰いしんぼうではあるが、何がなくてはいけないなどということはないし、ただ米さえおいしければそれで満足している。

仕事場をべつにしていた頃は、ほとんど外食で平気だった。五十すぎの男が、中華丼やソース焼きソバを喜んで食べているというのも、珍しい方の部類に属するのではなかろうか。

だから私は、いわゆる食通でもなんでもないし、食通になろうとしているわけでもない。この本は、喰べ物をテーマにしてはいるけれど、豚のようになんでもガツガツ喰う男の話で、食通の美学をふりかざす向きからは顰蹙《ひんしゅく》を買うだろう。

昔、里見弴さんの随筆を読んでいたら、ご自宅のそばにおいしい豆腐屋があり、しみじみその幸運を喜んでいる、という趣旨の文章があった。まったくそのとおりで、豆腐屋だのソバ屋だのというものは、いかにおいしい店を知っていても、遠くまで買いに出かけていくわけにはいかない。

私は引越し魔で、これまで二、三年ごとに家移《やう》りをしているが、いつの頃からか、引越し先を探す折りに、まわりのお店を検討する癖がついた。豆腐屋、ソバ屋にかぎらず、魚屋でも八百屋でも、いいお店があると本当に幸運だと思う。

私はなんでもガツガツ喰う方だが、その私でも、たったひとつ、心がけていることがあり、喰べ物に関してもし凝るならば、たまに外出して喰べる贅沢《ぜいたく》な喰い物よりも、米とか、味噌とか、豆腐とか、日常茶飯の喰べ物を吟味したい。

私のこれまでの五十年を通じて、一番印象に残っているのは、敗戦前後の飢餓時代に、たまに口にすることのできた銀シャリだった。戦後のヤミ市で、グレてほっつき歩いていた私が、銀シャリと味噌汁と鰯《いわし》の塩焼で喰べた豪華な食事を、まるで罪を犯すような気分になって喰ったことも忘れない。生家ではその頃、親たちは配給のトウモロコシの粉の団子などを喰べていたはずだから。

その頃は、まわり一面の焼け跡で、私は十代の性格形成期に、焼け跡の中に突っ立っていたことがいまだに胸の中から消えない。

家があって、畳の上で生活していると思っていたけれど、ははァ、地面というものは、泥なんだな、とそのとき思った。建築物なんかは泥の上の飾りのようなもので、ほんのちょっとしたことで消えてなくなってしまう。

それで、その後、バラックが建ちはじめ、ビルラッシュになってきたけれども、今でも、そういうものが、ただの飾りにしか見えない。飾りがなくなって、泥だけになってもともとだ、という気がする。

ときどき、雑誌の対談とか、いろいろな機会があって、私など手銭では行けないような高級な料亭に行くことがある。対談というものも神経を遣うもので、そのとき喰べる物はいかにおいしくても味わう余裕もないが、そんなことをべつにしても、美しく飾られ、調理された皿の上のものが、なんだか、ビルと同じくただの飾りにすぎないもののように見える。

そういうわけで、お行儀もクソもない、ただガツガツと喰いまくるのみ。今日も、贅肉の塊と化した我が腹を眺めて苦笑するばかりである。

色川　武大

解説

長嶋《ながしま》　有《ゆう》
（作　家）

一九七二年生まれの僕と近い世代の男性だと、色川武大よりも先に、阿佐田哲也《あさだてつや》に出会うことの方が多いようだ。背伸びしたい年頃にとって『麻雀放浪記』は決定的に格好いい、なにかバイブルのようなものだ。普段はヤンキー漫画しか読まないような不良連中が、唯一「文庫本」を手にしている光景があるとしたら、大体は阿佐田哲也だったんじゃないか。

この年代にしては珍しく、僕は色川武大の方を先に知った。高校時代に新潮文庫の『百』を読んだ。表紙の地味なふくろうの絵も「川端康成文学賞受賞」の帯も高校生を惹きつけるものにはみえないのだが、なにを思って手にしたのだったか、自分でもいまだに分からない。

僕は不良ではなく、さりとて文学青年というわけでもなかった。アニメやテレビゲーム文化にどっぷりと漬かったオタク人間だったのだが。

『麻雀放浪記』にも、もちろんハマった。普段あまり口を利《き》かないような不良が貸してくれたのだが、目次のあたりの、紙がよれてしまった。

びくびくしつつ、正直に「あの、ここのところ、紙がよれちゃって」と謝りながら返したら、「長嶋ぁー、なーにそんな細かいこと気にしてんだー」と、横から別の不良が手を伸ばしてきて、ビリっと目次の端をやぶいてしまった。あっと思ったが、持ち主もアハハと笑っていた。今でも覚えている。


それから、阿佐田哲也名義のものと、色川武大名義のものを混ぜこぜに読んでいった。『怪しい来客簿』や『うらおもて人生録』『あちゃらかぱいッ』など、貧乏学生だからすべて文庫で読んだ。

どの文庫も、本編はもちろんだが、解説文に味わいがあった。『麻雀放浪記』の場合、畑正憲《はたまさのり》氏のが鮮烈だ。色川さんが直木賞を受賞した際、そのことがなんとなくムシの好かない畑氏は、つい荒れた麻雀を打つ。その打ち筋で、いいたいことを了解したらしい色川さんは「この際、もらえるものはもらっておこうと思いましてね」と照れたようにいう。

そうして賞金袋からじかにピン札を支払ったという光景もいいが、その紙幣を、文学を志すという若者に謂《いわ》れを聞かせながら「使うな」といって配ったという畑氏もなんだか格好いい（自分がピン札をもらったわけではないのに、色川さんのことを書く、と考えると少し緊張する）。

解説を書くどの人も、ただの「交友」という以上に、色川さんとすごした一瞬一瞬をいつくしんでいる。この『喰いたい放題』も、以前の集英社文庫版の解説は伊集院静《いじゅういんしずか》氏が書いているが、ともに競輪場を巡った際のなにげない思い出を、しかし書かずにおれないという風に紹介している。

僕も、今日びの新人作家よろしく、十代のうちに颯爽とデビューして、色川さんに会いたかった。

ただ『喰いたい放題』が書かれたのは、まさに僕が『百』や『麻雀放浪記』などに出会うころ（か、少し前）だ。文中にはセブンイレブンやディズニーランドという単語が出てくる。世代は大きく違っても、少しは同じ時代を生きているのだ。

この時代は、インスタントで「イージー」な食事がはびこる一方で、有精卵や、天然の鰻は入手しにくくなっていった。そのことを色川さんはやんわりと憂えたりもする。

だけど、「古老」たちの、むやみに昔を賛美するだけの、威張った文章ではない。むしろとてもナイーブだ。

憂い方にしても「おいしくない」だけではない。たとえばパックで売られる卵について「くだらなく」便利になったと書く。つまりかつては、くだらなくない卵があった。おいしい卵を食べていたということ以上に、そう感じることの出来ることが、うらやましい。

この連載では、美食家ぶらず、ぶらないということを念をおすように言葉にしている（もとが連載だったから、つい同じ言葉が何度も出たのだろう）。

けど、では素朴で質素な庶民の共感を得るような内容かといえば、そうでもない。呆れるほどの健啖ぶり、食への執着ぶりやこだわりを、それもあまさず書いていく。

その筆致には常に「バランス」が意識されている。全勝なんて目指しても無理で、どのように九勝六敗にもっていくかを考えるという、ギャンブルと同じような気の張り方が文章に漲《みなぎ》っている。

それから、随筆か、軽妙な読み物かということでみても、本作はそのどちらの場所にも定住しようとしない。

「紙のようなカレーの夢」は、物がカレーとはいえ立派な幻想譚だし（題名もいい）、ホタル君なんかは、そのまま『怪しい来客簿』の方に登場しそうな不可思議な人物。どちらにも文学の趣がある。かと思えば、本当かどうか、寝ながら叫んだ言葉を題名にして、それで一本まんまと書いてしまったりもする。後半、締め切りをやぶるネタが続いていて、読みながら僕も強い誘惑にかられた。実は今もかられている。これを書いている夜明けの電車で成田にいかなければいけないのだ。香港に、うまいもの（上海ガニではないが）を喰いにいくところだから、なんというか、この原稿については締め切りを破る言い訳もしやすい（？）。でも僕は小心なので、徹夜を覚悟でせこせことキーボードを叩いている。色川さんは若いころから、編集者をばくちに引き込んで、うまくやっていたみたいだ。ページのよれた文庫本をおずおずと返して笑われた人間は、たとえ同じ作家になっても、出来ることが違うんだろうな。

湯檜曾《ゆびそ》の蕎麦屋で長時間待たされたエピソードが特に好きだ。旅館から出前をした男があまりの遅さに怒鳴り込んでくる。しかし店の客には朝から待っているのもいると告げられて驚く。

彼は、ソバ屋に住みついたようになっている我々の顔を一人一人見直し、我々は我々で、なぜか、ざまア見ろと思って、もう何日も前から待っているような表情で胸をそらしたりした。

ここで「私」ではなく「我々」というのがとてもいい。自らを拗《す》ね者と呼ぶ色川さんが、ふっと連帯を感じている。次々に出てくる交遊の描写にも、相手の気持ちをひしひしと感じ続けている。慮っているとかいう言葉は正確ではない。もっと切実に、静かに感受しているという風で、それで感動してしまう。

二〇〇六年に読むと、色川さんが禁忌した考え方が一般にも広まり、より進んでいたりもする。「甘い」ケーキなんて、どこにいっても売っていない。それから今、どこの家に遊びにいっても、リボンシトロンなんて飲み物は出てこない。

食の変化とつながっているのか知らないが、若い学生と会話をしても、麻雀にハマってる子なんてほとんどいないようだ。そんな若いのに出会うと、僕は柄《がら》にもなく口調がバンカラになる。

「麻雀はしなくていい、でも『麻雀放浪記』は読め！」

そうして、ピン札を渡すことは出来ないし、しないけど、奢《おご》ったりする。ここに出てくるようなのではない、安いチェーン店の居酒屋で、だが。

単行本／一九八四年十一月潮出版社
文　庫／一九九〇年二月集英社文庫

＊本文中、一部考慮すべき表現がありますが、著者が故人のため、そのままとしました。

光文社文庫

喰《く》いたい放題《ほうだい》
著者　色《いろ》川《かわ》武《たけ》大《ひろ》

2006年4月20日　初版1刷発行

発行者　篠原睦子
印刷　慶昌堂印刷
製本　関川製本

発行所　株式会社　光文社
〒112-8011　東京都文京区音羽1-16-6
電話　(03)5395-8149　編集部
8114　販売部
8125　業務部

落丁本・乱丁本は業務部にご連絡くだされば、お取替えいたします。
ISBN4-334-74055-3　Printed in Japan

お願い　光文社文庫をお読みになって、いかがでございましたか。「読後の感想」を編集部あてに、ぜひお送りください。

このほか光文社文庫では、どんな本をお読みになりましたか。これから、どういう本をご希望ですか。

どの本も、誤植がないようつとめていますが、もしお気づきの点がございましたら、お教えください。ご職業、ご年齢などもお書きそえいただければ幸いです。当社の規定により本来の目的以外に使用せず、大切に扱わせていただきます。

光文社文庫編集部

山田風太郎ミステリー傑作選 全10巻

1 眼中の悪魔 本格篇
2 十三角関係 名探偵篇
3 夜よりほかに聴くものもなし サスペンス篇
4 棺《かん》の中の悦楽 凄愴篇
5 戦艦陸奥 戦争篇
6 天国荘奇譚 ユーモア篇
7 男性週期律 セックス&ナンセンス篇
8 怪談部屋 怪奇篇
9 笑う肉仮面 少年篇
10 達磨峠の事件 補遺篇

都筑道夫コレクション 全10巻

女を逃すな〈初期作品集〉
猫の舌に釘をうて〈青春篇〉
悪意銀行〈ユーモア篇〉
三重露出〈パロディ篇〉
暗殺教程〈アクション篇〉
七十五羽の烏〈本格推理篇〉
翔び去りしものの伝説〈SF篇〉
血のスープ〈怪談篇〉
探偵は眠らない〈ハードボイルド篇〉
魔海風雲録〈時代篇〉